AF150812

TANJA HILMER

SCHATTEN DES Waldes

novum pro

www.novumverlag.com

Bibliografische Information
der Deutschen Nationalbibliothek:

Die Deutsche Nationalbibliothek
verzeichnet diese Publikation in
der Deutschen Nationalbibliografie.
Detaillierte bibliografische Daten
sind im Internet über
http://www.d-nb.de abrufbar.

Gedruckt in der Europäischen Union
auf umweltfreundlichem, chlor- und
säurefrei gebleichtem Papier.

© 2024 novum Verlag

ISBN 978-3-99146-405-1
Lektorat: Alexandra Eryiğit-Klos
Umschlagabbildungen: Vladimir A,
Csaba Vanyi, Benoit Daoust,
Jelerz | Dreamstime.com
Umschlaggestaltung, Layout & Satz:
novum Verlag
Autorenfoto: Tanja Hilmer

www.novumverlag.com

Für meinen Mann Harald,
der mich immer in all meinen
Vorhaben und Träumen unterstützt.

Ich liebe Dich.

Katie

Es war ein Tag wie jeder andere. Der Wecker klingelte um 7.00 Uhr und ich wälzte mich mehr schlecht als recht aus meinem Bett. Lerche oder Eule? Eindeutig Eule. Nachdem ich angezogen und gesellschaftsfähig war, nahm ich Schlüssel, Handtasche und Coffee to go und verließ meine kleine Wohnung in Richtung Arbeit. Es war nichts Besonderes und mich verband auch keine große Leidenschaft mit meinem Job. Er diente einfach nur dazu, mein Leben zu finanzieren. Empfangsdame in einer Anwaltskanzlei war zwar wirklich kein schlechter Job, aber seien wir mal ehrlich. Schönsein und immer schön lächeln, das kann durchaus anstrengend sein. Ich musste schon viel von meinem Gehalt in meine Garderobe investieren, die ich privat nie tragen würde. Man könnte meinen, ich käme in meinem Etuikleidchen und den High Heels plus Designerhandtasche direkt aus der Serie „Suits". Ich sehe es als meine tägliche Arbeitskleidung. Zu teure Arbeitskleidung.

Meine Eltern wären sicher stolz auf mich. Vor allem meine Mutter. Ich trage ihre Designerhandtasche. Eins der wenigen Dinge, die mir geblieben sind und die ich bewusst behalten habe. Ich war gerade 25 Jahre alt und gerade noch so in der Selbstfindungsphase, was meine Zukunft anbelangt. Ich wohnte immer noch bei meinen Eltern und tingelte von Praktikum zu Praktikum, weil ich überhaupt keine Ahnung hatte, was ich mal werden wollte. Doch, eigentlich wollte ich gerne Bloggerin werden. Aber das ist nun mal kein anerkannter Beruf und wirft auch nicht sofort ein Einkommen ab, um davon leben zu können.

Und meine Eltern rauften sich die Haare. Meine Mom war eine bekannte Geschäftsfrau hier in Vancouver in der Einrichtungsbranche und mein Dad CEO einer großen Werbeagentur. Beide sehr erfolgreich, beide absolute Arbeitstiere. Aber auch Genussmenschen, die gerne und gut lebten. Ein schönes Zuhause, schicke Autos, teure Reisen. Im Klartext, das hart verdiente Geld wurde mit vollen Händen ausgegeben. Auch für mich. Somit war ich nicht wirklich unter Druck mit meiner Zukunftsplanung. Ich lebte in den Tag hinein, probierte mal dies und mal das und hoffte, irgendwann küsst mich die Muse und ich weiß genau, wo mein Weg hingeht. Dazu wollte ich mich gerne verlieben in meinen Traummann und megaerfolgreich bloggen oder schreiben.

Am liebsten fuhr ich mit dem kleinen Cabrio meines Dads spazieren, in flatternden Hippieklamotten, und ließ mir die Sonne ins Gesicht scheinen. Meine Clique waren lauter Söhne und Töchter aus gutem Hause, die ebenso auf Kosten ihrer Eltern das Dasein genossen. Und wir bestätigten uns jeden Tag aufs Neue, dass wir das Richtige tun würden. Partys, Shopping, ausschlafen und gelegentlich darüber nachdenken, was noch kommt im Leben. Ich dachte, ich sei glücklich, ich dachte, es gehe ewig so weiter, ich dachte, mir könne nix passieren. Bis zu dem einen Tag, der mein ganzes Leben auf den Kopf stellte. Meine heile Welt zerbrach innerhalb von Sekunden in tausend Scherben. Es war ein eisiger Winterabend und meine Eltern waren auf einer Wohltätigkeitsveranstaltung eingeladen. Ich war allein zu Hause und hatte mir gerade frisches Popcorn zubereitet, als es an der Tür klingelte.

Da ich niemanden erwartete, dachte ich an eine Zustellung irgendeiner Bestellung von mir oder meiner Mom. Onlineshopping war unser gemeinsames Hobby. Ich öffnete die Tür und stand zwei Polizisten gegenüber. „Miss Katie Fuller?" „Ja Sir, das bin ich." „Dürfen wir bitte reinkommen? Wir müssen Ihnen etwas mitteilen. Sie sollten sich lieber setzen." In diesem Moment rutschte mir das Herz in die Hose, mir wurde schlecht und schwindelig zugleich und ich stützte mich am Türrahmen ab. Die Beamten halfen mir ins Haus, platzierten mich aufs Sofa und ich bekam ihre Erklärung wie durch eine Nebelwand mit. „Miss, Ihre Eltern hatten einen Verkehrsunfall auf dem Weg zu der Benefizveranstaltung in der City. Ein Lkw-Fahrer hat die rote Ampel übersehen und Ihre Eltern gerammt. Jede Hilfe kam leider zu spät. Unser Beileid für Ihren Verlust."

Wie in Trance erlebte ich die nächsten Tage und Wochen. Eine Menge Beileidsbekundungen und Blumen trafen ein, einige boten ihre Hilfe an, aber ich kapselte mich komplett von der Außenwelt ab. Mein Leben lag in Trümmern und ich war allein und auf mich gestellt. Wir hatten nur uns drei gehabt. Keine Großeltern, keine Tanten, keine Onkel oder Geschwister. Und jetzt war ich allein. Meine sogenannten „Freunde" kamen mit der negativen Situation und meiner Stimmung und Laune nicht zurecht und zogen sich auch immer mehr von mir zurück. Ich passte nicht mehr in die oberflächliche Happy-Hour-Welt und es gab auch keinen Weg dahin zurück. Ich musste also jetzt mit 25 Jahren wirklich und wahrhaftig erwachsen werden, und zwar sofort.

Zu Beginn versuchte ich ein Testament zu finden, um herauszufinden, wie sich meine Eltern ihre Beerdigung vorgestellt hatten. Wir hatten ja nie wirklich darüber geredet. Warum auch? Der Gedanke, meine Eltern so früh zu verlieren, erschien mir absurd. Ich verschanzte mich im Büro meines Dads und durchforstete alle Unterlagen, die ich finden konnte. Von Bankunterlagen über Versicherungen bis hin zum Testament.

Darin war nur kurz und knapp beschrieben, dass ich alles bekommen würde, was zu diesem Zeitpunkt noch da wäre, und dass es ihnen völlig egal sei, wo und wie sie bestattet würden. Also versuchte ich nach meinen Vorstellungen eine Beerdigung auf die Beine zu stellen, die in meinen Augen meiner Eltern würdig war.

Es war ein sonniger Tag und auf dem Friedhof herrschte die übliche Ruhe. Ich hatte beide in einer Urne beisetzen lassen und eine Grabstätte in einer wunderschönen alten Friedhofsmauer organisiert. Es war nur ein kleiner Kreis Trauergäste aus dem beruflichen Umfeld meiner Eltern dabei. Meine Eltern waren Einzelgänger und nur mit sich und ihrem Beruf verheiratet gewesen. Es gab also weder Freunde noch Bekannte, nur Kollegen. Irgendwie traurig – aber Realität und mittlerweile auch meine Realität. Von meinen sogenannten „Freunden" war niemand mehr da. Ich war völlig allein und auf mich gestellt. Früher hatte ich Mom und Dad gehabt. Ja, früher. Da ich keine anschließende Trauerfeier mit mir fremden Menschen mochte, war ich nach der Beisetzung allein zu Hause. Mit mir, meiner

Trauer und meinem Schmerz. Ich betäubte mich mit einer Flasche Martini, sah mir alte Fotos von uns dreien an und versank vom Scheitel bis zur Sohle in Selbstmitleid. Irgendwann muss ich dann wohl auf dem Sofa eingeschlafen sein.

Das Klingeln an der Tür riss mich morgens aus meinem komatösen Schlaf, den ich dem Martini verdankte. Als ich öffnete, stand ein ziemlich unsympathischer Mann mittleren Alters im schwarzen Anzug vor mir. Und wieder begann der Satz mit: „... Miss Kathie Fuller?" Mir schwante nichts Gutes. „Ja bitte?" „Ich komme von der Bank von Vancouver und möchte Ihnen hiermit persönlich den Vollstreckungsbescheid übergeben." „Welchen Vollstreckungsbescheid bitte?! Von was genau sprechen Sie?" „Ihre Eltern haben viel mit ihrem Geld spekuliert und auch immer gut und gerne ein wenig über ihre Verhältnisse gelebt. Die letzte Transaktion ist nicht wie gewünscht verlaufen. Und da nun weder Gehälter noch sonstige Zahlungen erfolgen, wird das Haus samt Inventar, das als Sicherheit diente, an die Bank überschrieben. Sie haben 14 Tage Zeit, entweder die Schulden zu tilgen oder das Haus zu räumen. Der Gerichtsvollzieher hilft Ihnen dabei, was Sie mitnehmen dürfen und was zur Banksicherheit hier bleiben muss." Wieder wurde mir schwarz vor Augen und schwindelig. Es zog mir regelrecht den Boden unter den Füßen weg. Jetzt würde ich auch noch mein Zuhause und alles, was dazugehörte, verlieren.

Wie sich herausstellte, hatten meine Eltern 2.000.000 kanadische Dollar verzockt. Das Haus samt Inventar hatten sie als Sicherheit hinterlegt und jetzt war alles weg. Sogar die Autos waren nur geleast und wurden in den nächsten Tagen bereits abgeholt. Zwei Wochen und ich bräuchte ein neues Zuhause. Ohne Job. Tolle Voraussetzungen.

Ich durchforstete den Immobilienteil der Zeitung. Schon eine kleine, also wirklich kleine Wohnung in Vancouver lag bei circa 1000 CAD Miete. Von Kaution, Lebenshaltungskosten etc. ganz zu schweigen. Und ohne Job keine Wohnung, ohne Wohnung keinen Job. Es war ein Teufelskreis.

Mir blieb nichts anderes übrig, als Klinken zu putzen bei den Firmen, die ich von meinen Eltern her kannte. Ich schrieb meinen sehr kurzen Lebenslauf, kopierte diesen circa 50-mal und machte mich persönlich auf den Weg. Egal wo ich hinkam, wurde ich zwar wegen des Todes meiner Eltern bemitleidet, aber mein Anliegen wurde immer abgewiesen mit den Worten: keine Ausbildung, keine Berufserfahrung, zu jung und noch so einiges mehr. Bei Kopie 47 hatte ich Glück. Ein Geschäftspartner meines Vaters hatte wohl so großes Mitleid mit mir, dass er mir anbot, eine Stelle am Empfang zu übernehmen. Dafür müssten meine Schulbildung und meine soziale Kompetenz wohl ausreichen, meinte er. Es war Mister John Newman. Persönlich hatte ich nie mit ihm zu tun. Alle Gespräche, wie oben beschrieben, wurden immer mit der Personalabteilung abgewickelt. Schien schwer beschäftigt zu sein, der Mann.

Gut, Punkt Nr. 1, Job mit Gehalt, war also erledigt. Punkt Nr. 2 war eine Wohnung. Als Erstes verkaufte ich den Schmuck und die teuren Designerstücke meiner Mom, um die Kaution und etwas Geld für die notwendigste Einrichtung zu haben. (Wenigstens diese Dinge hatte ich behalten dürfen.) Da wir die gleiche Konfektionsgröße hatten, behielt ich mir für meine neue Arbeit einige ihrer Etuikleider, High Heels und besagte Designertasche von Prada. Und die Rolex von meinem Dad. Sie war sein Heiligtum und ganzer Stolz gewesen.

Meine neue Bleibe war mitten in der City, unweit meiner Arbeitsstelle. Ein kleines Appartement mitten in Vancouver. Ich konnte zu Fuß zur Arbeit gehen. Auto hatte ich ja keins mehr. Der Gerichtsvollzieher rechnete alles bis auf den letzten Cent aus und es blieben mir noch ein paar Möbel und Haushaltswaren übrig, die ich mitnehmen konnte, um mich einzurichten. Und so schloss ich nach 25 Jahren zum letzten Mal unter Tränen die Türe zu meinem Elternhaus und verließ unser ehemaliges Grundstück mit einem gemieteten Minivan in Richtung neues Leben.

Fünf Jahre später:

Ich sitze am Empfang. Immer noch. Seit fünf Jahren. Es hat sich nicht viel verändert seit dem Tod meiner Eltern und meinem unfreiwilligen Start ins Leben. Immer noch der gleiche Job, immer noch die gleiche Wohnung, immer noch allein. Ich habe mich in meine eigene kleine Welt zurückgezogen. Es fällt mir schwer, anderen zu vertrauen nach den Enttäuschungen in der Vergangenheit. Ich halte mich weitestgehend von Menschen fern. Klar, in der Firma gibt es sicherlich den ein oder anderen netten Kollegen oder so manche liebe Kollegin und auf Feiern bin ich freundlich und zeige auch kurz Präsenz. Aber außerhalb der Arbeit bin ich lieber mit mir allein. Ich lese viel, gehe laufen im Park und mache es mir zu Hause gemütlich. Sobald ich meine Arbeitsuniform abgelegt und in meine Jeans, Sneakers und T-Shirt geschlüpft bin, bin ich ein anderer Mensch. Ohne Make-up, die Haare zum Pferdeschwanz gebunden, würde mich niemand von der Arbeit erkennen, wenn er mich zufällig träfe. Mir soll's recht sein.

Es ist ein lauer Sommerabend, als ich im Park meine Runde laufe und das Gefühl, verfolgt zu werden, immer intensiver wird. Nicht das erste Mal in letzter Zeit. Aber ich sehe nichts und niemanden. Ich vernehme nur ein Flattern und spüre eine Nähe, die mir neu und fremd vorkommt und mir Angst macht. Ich laufe schneller und bin froh, als ich endlich meine Wohnung erreiche und den Schlüssel ins Türschloss stecke. Drehe ich etwa langsam durch? Verwandelt mich mein Einsiedlerleben in einen Psycho?

Unter der Dusche versuche ich meine negativen Gedanken abzuwaschen und innerlich zur Ruhe zu kommen. Schon seit Tagen habe ich immer wieder das Gefühl, beobachtet zu werden. Ich falle diese Nacht in einen unruhigen Schlaf und seltsame Träume schleichen sich in meinen Kopf. Dunkle Wälder, wilde Tiere wie Wölfe, Bären und Adler. Es ergibt überhaupt keinen Sinn und nach einer unruhigen Nacht reißt mich der Klingelton des Weckers unsanft aus meinen wirren Träumen. Schweißgebadet stehe ich fix und fertig auf. Ich habe ein komisches Gefühl in der Magengegend. Trotzdem mache ich mich wie gewohnt fertig und begebe mich auf den Weg in die Arbeit.

Gerade als ich in der Firma ankomme und meinen Platz am Empfang eingenommen habe, klingelt mein Telefon. Unser CEO ist am Apparat. „Katie, kommen Sie bitte kurz in mein Büro, danke." „Jawohl, ich bin sofort da."

In meinem Kopf kreisen die Gedanken. Das letzte Mal, als wir miteinander gesprochen haben, war vor fünf Jahren, als er mir den Job gegeben hat. Und da lief eigentlich alles über die Personalabteilung; nur eine kurze Beileidsbekundung zum Tod meiner Eltern kam von ihm persönlich. Eigentlich kenne ich ihn nur vom Vorbeilaufen am Empfang. Und das sehr selten, da er wirklich komische Arbeitszeiten zu haben scheint. Berufliche Dinge werden mit der Vorzimmerdame geklärt und wenn es um meine Belange geht, ist die Personalabteilung zuständig. Auf Firmenfeiern habe ich ihn nie gesehen und auch sonst kommt er vor mir und geht nach mir. Dieser Mann wohnt quasi in seinem Büro.

Ich stelle mein Telefon nach Rücksprache auf die Chefsekretärin um und mache mich auf den Weg. Die Vorzimmerdame erwartet mich bereits und signalisiert mir, dass ich schon erwartet werde. Ich folge ihr und sie hält mir mit einem Lächeln die Türe auf. „Möchten Sie einen Kaffee oder ein Glas Wasser?" „Gerne ein Glas Wasser, vielen Dank."

Das Büro des CEO besteht zum größten Teil aus Fenstern bis zum Boden mit Aussicht über Vancouver. Ein großer, schwerer Marmortisch dient als Schreibtisch und eine kleine Sitzecke links davon wirkt erstaunlich einladend für ein Büro. Ich entdecke eine kleine Seitentüre, die einen Blick auf ein kleines Badezimmer freigibt, und eine Garderobe, an der mehrere Hemden und Anzüge hängen. Er wohnt wirklich hier. Außer einer einzigen grünen Palme und einer Schale mit Nüssen neben dem PC gibt es keinerlei Dekoration oder sonstigen Schnickschnack in diesem Raum.

„Schön, dass Sie so schnell da sind, Miss Fuller." Ich lächle, weil mir gerade nichts Passendes einfällt. Ich habe diesen Mann vor fünf Jahren das letzte Mal gesehen und anscheinend muss ich damals derart in meiner Trauer und Wut versunken gewesen sein, denn als ich ihn jetzt direkt ansehe, trifft es mich wie ein Blitz bei einem Gewitter. Er ist wahnsinnig attraktiv! Circa 1,85 Meter groß, sehr muskulös gebaut und hat volles, leicht welliges, schwarzes Haar, das perfekt gestylt ist. Seine grünen Augen strahlen wie Smaragde und senden kleine Blitze aus. Ein sehr charmantes Lächeln zeigt mir makellose weiße Zähne und lässt meine Knie weich werden.

„Ähm, ja natürlich. Was kann ich für Sie tun, Mister ..." Ich glaub es nicht, mir fällt der Name meines Bosses nicht mehr ein! Wie peinlich! „Mister Newman. Bitte setzen Sie sich, Miss Fuller." Er deutet zu der Sitzgruppe und ich nehme auf dem Minisofa Platz. Er setzt sich mir gegenüber in den passenden Sessel. Alles hier ist in Grau, Weiß und Schwarz gehalten. Jetzt erst entdecke ich gegenüber unserem Platz ein Wandbild, das einen dunklen Wald zeigt, über dem der Mond hell leuchtet. Ich erschrecke ein wenig, da mich dieses Bild sehr stark an meinen merkwürdigen Traum von letzter Nacht erinnert. Schnell schaue ich weg und direkt in diese magischen grünen Augen. „Was kann ich für Sie tun, Mister Newman?"

In diesem Moment kommt die Vorzimmerdame und bringt mir mein Wasser. Ich glaube, sie heißt Miranda. Sie lächelt zuerst mich an und ich bedanke mich mit einem Nicken. Den Blick, den sie dann Mister Newman zuwirft, würde ich nicht gerade als professionell bezeichnen, und ich merke, wie in mir eine Art Eifersucht hochkommt. Herrgott, jetzt komm mal runter und konzentrier dich gefälligst! Du bist doch kein Teenager mehr und außerdem hast du überhaupt kein Interesse an Männern oder sonst wem. Ich bin und bleibe lieber allein. Denn wer allein ist, der kann auch nicht verlassen oder enttäuscht werden.

„Miss Fuller, Sie arbeiten ja jetzt schon seit fünf Jahren bei uns am Empfang. Und wie ich gehört habe, gibt es nur Positives zu berichten über Sie und Ihre Arbeit." „Ah ja, danke, das freut mich zu hören." Ich schaffe es nicht, auch nur einen deutlichen langen Satz zu formulieren. Diese grünen Augen ... als würden sie direkt in meine Seele blicken. „Miss Fuller?", werde ich aus meinen Gedanken gerissen. „Ja, entschuldigen Sie. Ja, seit fünf

Jahren arbeite ich hier und mache meinen Job wirklich gern." „Das freut wiederum mich zu hören", erwidert er schmunzelnd. Was will er von mir? „Warum wollten Sie mich sprechen, Mister Newman?" „Nun, kommen wir also sofort zur Sache. Meine Vorzimmerdame, Mrs. Blend, erwartet ein Baby und möchte so bald wie möglich ihre Stelle aufgeben, um für ihre Familie da zu sein. Ich brauche ab sofort jemanden, der mit der Firma vertraut ist, die Kollegen kennt und schnell eingearbeitet werden kann. Da der Empfang wesentlich leichter neu zu besetzen ist, möchte ich Ihnen eine Beförderung hier rauf in den 65. Stock bei mir im Vorzimmer anbieten. Sie hätten zwar ein wenig längere und manchmal flexible Arbeitszeiten am Abend oder auch mal am Wochenende, aber natürlich ein besseres Gehalt, ein Spesenkonto und einen Firmenwagen. Außerdem 14 Monatsgehälter und Urlaubsgeld sowie 35 Tage Urlaub. Was sagen Sie dazu?" Triumphierend lächelt er mich an und mir wird bei diesem Lächeln ganz warm ums Herz und flau im Magen. So was habe ich bei noch keinem Menschen verspürt. Ich fühle mich so, als ob ich neben mir stehe und die Szene von woanders aus beobachte.

„Oh, ähm, wow. Ich weiß jetzt gar nicht, was ich sagen soll ..." „Ja, zum Beispiel. Das wäre die perfekte Antwort." Jetzt grinst er und zwinkert mir zu und wenn ich nicht schon sitzen würde, würde ich glatt aus den Latschen kippen. „Ich danke Ihnen sehr für dieses wahnsinnig gute Angebot und bedanke mich auch für Ihr Vertrauen, aber ..." „Ein Aber lasse ich nicht gelten. Was muss ich draufpacken, damit Sie Ja sagen?" „Um Gottes willen, ich möchte nichts aushandeln. Es ist eine fantastische Chance. Aber ich weiß gar nicht, was mich da erwartet beziehungsweise um was für Tätigkeiten es sich genau handelt. Ich bin sicher nicht qualifiziert genug, der Aufgabe gerecht zu werden."

Ich blicke zu Boden, da ich mir grad wirklich sehr klein vorkomme. Ich habe ja nix und bin auch nix. Schon der Job am Empfang war ein Glück für jemanden wie mich ohne Studium oder Ausbildung. Ich hatte ja erfolgreich meine Zeit mit Tochtersein verbracht, statt dafür zu sorgen, auf eigenen Beinen zu stehen. Wie soll ich so eine Position also bewerkstelligen?

„Miss Fuller, seien Sie sicher, Sie werden gut von Mrs. Blend eingearbeitet und exakt eingewiesen. Außerdem bin ich ja auch da und Sie können jederzeit ebenso bei mir nachfragen, wenn etwas unklar ist. Ich bin hier zwar der Boss, aber doch kein Unmensch! Passen Sie auf: Sie schlafen jetzt eine Nacht drüber und morgen lade ich Sie zum Lunch ein und wir reden noch mal über alles." „Ja, gut. Das klingt gut. So machen wir das." Ich stehe abrupt auf, drehe mich zur Tür, verlasse das Büro in einer Affengeschwindigkeit und schließe sofort die Türe hinter mir. Ich kann kaum noch atmen. Was zur Hölle ist los mit mir?

John

Schon vor fünf Jahren war sie mir sofort aufgefallen, mit ihren dunklen Haaren, den extrem hellen blauen Augen und dem schüchternen Lächeln. Damals suchte sie dringend einen Job, da sie quasi mittellos war und auf der Straße stand. Ohne Ausbildung oder Studium oder Erfahrung. Aber ich fühlte mich verantwortlich für sie. Wir halten nun mal zusammen, die wenigen, die es von uns gibt. Wir kennen und erkennen uns untereinander. Ich kannte ihre Eltern. Mit ihrem Dad war ich sogar das ein oder andere Mal geschäftlich auf dem Golfplatz. Ich wusste, dass er seine kleine Familie sehr eng an sich gebunden hatte und dass seine Tochter behütet, aber ziemlich abgeschottet bei ihnen aufwuchs. Er erzählte mir von ihren oberflächlichen Freundschaften und dass sie etwas Besonderes sei. Immer aufmerksam, aber verletzlich und lieber allein. Also drängte er sie auch nicht hinaus in die Welt, sondern ließ ihr Zeit, sich zu finden.

Wäre dann nicht dieser schreckliche Unfall passiert! Es geschah, noch bevor ihre Eltern sie in das Familiengeheimnis einweihen konnten und ihr zeigen konnten, wer wir sind, wie wir leben und welche Regeln bei uns herrschen. Sie wusste von nichts. Ich las von dieser Tragödie in der Zeitung. Obgleich ich nicht an die Unfalltheorie glaube, habe ich die Aufklärung nie weiterverfolgt. Wahrscheinlich aus Angst, selbst in irgendwelche dubiosen Machenschaften reingezogen zu werden. Ich wurde von meiner Familie vorbereitet, lebe aber trotzdem ein unauffälliges Leben unter normalen Menschen mit einem relativ normalen Alltag. Sehr zum Missfallen meines Clans. Aber ich bin ein Einzelgänger, genau wie sie. Ich dachte nur, ich muss ihr unter die Arme greifen. Also schaltete ich eine Stellenanzeige, ließ ihr die Zeitung zustellen und hoffte, sie würde anbeißen, da „ohne Vorkenntnisse und Ausbildung" dabeistand.

Prompt ging mein Plan auf und ich erhielt eine Bewerbung. Also eigentlich circa 100. Jeder möchte in meiner Firma arbeiten. Egal als was. Mir gehört eine der größten Baufirmen, sie ist auf Ferienwohnanlagen in ganz Kanada spezialisiert. Ich schätze meine Mitarbeiter und zahle und behandle alle gut und fair. Das hat sich in der Branche herumgesprochen. Aber ich wollte ihr helfen. Daher habe ich die Personalabteilung angewiesen, sie sofort einzustellen und einzuarbeiten. Persönlich bin ich ihr aus dem Weg gegangen. Es fällt mir schwer, Nähe zuzulassen, noch dazu zu meinesgleichen. Normale Menschen ja, kein Problem. Natürlich weiß ich durchaus um mein attraktives Erscheinungsbild und meine Anziehung auf Frauen, was ich geschickt einsetze, um meinen Spaß zu haben. Mehr aber auch nicht. Keine Dates, keine Beziehungen, keine Romantik oder Gefühle. Einfach nur Sex. Wenn man niemanden an sich ranlässt, kann einem nichts passieren. Man wird nicht enttäuscht und nicht verlassen. Fertig. Trotzdem hatte ich damals das Gefühl, ihr helfen zu müssen, und das hab ich getan. Sicher fiel sie mir hier und da auf, wenn wir uns über den Weg gelaufen sind. Aber da sie sehr zurückgezogen lebt und auch auf Firmenfeiern nie lange präsent war – so wie ich auch, und wenn, dann nur kurz –, gab es kaum Berührungspunkte. Insofern hätte eigentlich alles so weiterlaufen und beim Alten bleiben können, wäre da nicht der Clan – sowie auch meine Verpflichtung gegenüber genau diesem.

Letzte Woche wurde eine weitere Familie von uns durch einen seltsamen Unfall ausgelöscht. Daraufhin wurde eine Krisensitzung einberufen. Wir müssen wieder stärker werden und uns zur Wehr setzen. Jeder der Unseren, der zu einem Wesen unserer Art Kontakt hat, wurde angewiesen, diese Beziehung zu intensivieren. Das heißt übersetzt, Nachkommen zu zeugen. Tja, und ich habe nun nicht nur die unliebsame Aufgabe, mich fortzupflanzen, sondern auch noch den Teil zu übernehmen, Katie erst mal zu erklären, wer sie eigentlich ist. Frei nach dem Motto: „Hallo, ich bin John, ein Gestaltwandler einer besonders seltenen Art, und möchte ein bis fünf Kinder mit dir. Und übrigens, du bist auch einer."

Ich kam ziemlich angesäuert von unserer Clansitzung zurück. Ich möchte mich nicht binden oder Nachkommen zeugen. Aber leider habe ich keine Wahl. Meine Familie ist die Alphafamilie und ich kann mich nicht aus meiner Verantwortung stehlen und mich davor drücken, meiner Pflicht nachzukommen. Das würde uns und alle anderen schwächen und zu Freiwild für andere Gestaltwandler machen. Wir gehören einer besonders seltenen Art an. Im Normalfall haben Gestaltwandler ein Tier, in das sie sich verwandeln, sei es ein Bär, ein Wolf oder ein Panther. Egal was. Und sie bleiben unter sich in einem Rudel oder Clan. Wir können vier verschiedene Gestalten annehmen: Wolf, Adler, Panther und Bär. Das hat für uns den Vorteil, dass wir so gut wie unbesiegbar sind. Wir können uns jedem Kampf stellen und auch jederzeit fliehen. Adler ist sonst keinem Gestaltwandler möglich. Wir sind also jedem Menschen und jedem anderen Gestaltwandler überlegen. Leider herrscht unter den einzelnen Clans der diversen Gestaltwandler eine Art Rivalität. Jeder möchte der stärkste und mächtigste Clan sein. Ähnlich wie bei den Menschen regiert auch hier der Kampf um Macht und Ansehen.

Also kam ich von meiner Familie, die in den Rockies beheimatet ist, zurück nach Vancouver und musste mir jetzt etwas einfallen lassen, wie ich Katie in meine Nähe bekomme, um ihr näherzukommen. Glücklicherweise gehört meine Vorzimmerdame ebenfalls zu uns. Somit war es kein Problem, sie zu meinem Mitwisser zu machen. Sie ist wirklich schwanger und hat kein Problem mit der Zwangsauszeit; zur Not bringe ich sie woanders unter. Es war sogar ihre Idee, Katie auf diesen Posten zu setzen, da es sonst eher schwierig werden würde, mit ihr eine Beziehung aufzubauen. Ich persönlich habe keine Bedenken, sie für mich zu gewinnen, ich bin schließlich ein Meister der Flirtkunst und der Verführung. Aber wie soll ich sie an mich binden und, vor allem, ihr alles beibringen, was sie wissen muss? Und wie soll ich ihr überhaupt erst mal ihre Existenz erklären? Nun, gehen wir Schritt für Schritt vor. Als Erstes muss ich sie davon überzeugen, den Job anzunehmen, und dann sehen wir weiter.

Wie sie mir da so schüchtern gegenübersitzt, muss ich lächeln. Sie ist nicht in der Lage, meinem Blick standzuhalten, und ich rieche ihre Nervosität und eine leichte Erregung. Ihr Geruch steigt mir in die Nase. Er ist so feminin und so unschuldig. Sie wirkt sehr irritiert und durcheinander. Zu meiner eigenen Verwunderung stelle ich fest, dass ich mich von ihr angezogen fühle. Nicht nur sexuell. Und ich habe den unbändigen Drang, sie zu beschützen. Obwohl sie sehr weiblich in ihrem Erscheinungsbild ist, erscheint sie mir mit meinen 1,85 Metern Größe ausnehmend zerbrechlich und zart. Ich schätze sie auf maximal 1,65 Meter. Es ist fast wie ein kleines Vorspiel, wie sie sich nervös über die Lippen leckt, den Blick senkt und mit ihren Haaren spielt. Überhaupt nicht wie eine 30-jährige Frau, sondern so unschuldig und ungeübt wie ein Teenager. Wir haben uns darauf geeinigt, uns am nächsten Tag noch einmal zu unterhalten, damit sie eine Nacht drüber schlafen kann. Das heißt, es ist noch nicht in trockenen Tüchern. Mein Gefühl sagt mir, ich brauche noch einen Plan B. Sie war nicht so begeistert, wie ich es gern gehabt hätte.

Ich drücke den Knopf der Gegensprechanlage: „Mrs. Blend, bitte bringen Sie mir einen Kaffee, vielen Dank." „Jawohl, Sir, komme sofort." Weiblicher Rat ist es jetzt, den ich brauche. Als die Türe aufgeht, steigen mir sofort der Kaffeeduft sowie der Geruch eines schwangeren Weibchens in die Nase. „Wie geht es der werdenden Mutter?" „Danke, gut, Sir." „Es ist niemand hier, also sag John, Miranda." „Okay, gut, John. Wie ist es gelaufen?" „Keine Ahnung. Aber Begeisterung sieht anders aus. Sie konnte meinem Blick nicht standhalten, war extrem nervös und wollte eine Nacht drüber schlafen. Was ich überhaupt nicht verstehe. Dieses Angebot ist in jeder Hinsicht eine Steigerung von 150 Prozent im Vergleich zu ihrem jetzigen Job." Zerknirscht schlürfe ich an meinem Kaffee. „John, also dass sie nervös ist und deinem Blick nicht standhalten kann, ist ja wohl nachvollziehbar. Nach fünf Jahren wird sie zum Oberboss gerufen und trifft dann auch noch auf Mister Superattraktiv. Was erwartest du? Sie ist jung, eine Einzelgängerin und hat mit niemandem hier aus der Firma in irgendeiner Form Kontakt oder Freundschaft geschlossen." „Ah, echt? Woher weißt du das?" „Ich habe mich ein wenig umgehört, um dir ein paar Infos geben zu können, damit du dir in etwa ein Bild von ihr machen kannst. Ich hole schnell meine Notizen."

Grazil wie eine Katze schleicht sie aus meinem Büro. Echt bewundernswert, in ihrem Zustand. Ich denke, die Entbindung ist in drei Wochen. Ihr Bauchumfang lässt erahnen, dass es Zwillinge sein könnten. Und schon schleicht sie wieder fast lautlos in mein Büro. Miranda ist wirklich ein heißer Feger. Wobei sie schwanger und somit natürlich für mich tabu ist. Sie ist mit meinem besten Freund zusammen und die beiden lieben sich wirklich, das zwischen ihnen ist also nicht nur eine Nutz- und Fortpflanzungsbeziehung. Aber ich verstehe ihn. Rote Mähne, blasse Haut, Superfigur, schlaues Köpfchen und ein wenig wild.

„Also, ich habe Folgendes herausgefunden über unsere Kleine vom Empfang: wie gesagt, Einzelgängerin, ledig, sehr zurückgezogen. Sie lebt in einem kleinen Appartement unweit der Firma. Kein Auto. Hobbys leider nicht bekannt, da sie ja keinerlei private Kontakte zu irgendwem pflegt. Das Einzige, was ich noch herausgefunden habe, war, sie hat einmal in der Personalabteilung angefragt, ob eventuell jemand benötigt würde, der eine Art Blog über unsere Objekte schreibt. Quasi als Werbung für unsere Ferien- und Mietobjekte, da diese ja an wunderschönen Orten liegen. Mehr konnte ich nicht herausfinden. Außer natürlich, dass sie keine Ahnung hat, wer sie eigentlich ist und wer ihre Eltern waren. Und sie ist sehr sportlich. Sie joggt gerne und fast täglich. Das wissen wir ja bereits wegen der permanenten Überwachung. Privat kleidet sie sich eher leger. Jeans, Turnschuhe und Hoodies. Eher natürlich statt aufgebrezelt."

„Na, das ist ja schon mal etwas, womit ich arbeiten kann. Sportlich ist gut und wenn sie sich für Reisen und Urlaubsdomizile interessiert …" Ich überlege angestrengt, was ich daraus basteln könnte.

„Das ist doch ganz einfach, John. Falls sie morgen dein Angebot nicht annehmen will, verbinde das Angebot mit einer Schreibtätigkeit. Sie will einen Blog schreiben. Dann bau das mit ein. Sicher kann unsere PR-Abteilung damit was anfangen. Ich kann mich ja schon mal intern darum kümmern." „Miranda, du bist ein Genie." „Nein, eine Frau, und ich möchte schließlich unsere Art und unsere Anführer in Sicherheit wissen." Sie grinst und verlässt mein Büro.

Ich weiß gar nicht mehr, wer mir quasi die zukünftige Mutter meiner Kinder ausgesucht hat. Aber mit ihr kann ich arbeiten. Die anderen Damen in unserem Clan, die noch zur Auswahl standen, sagten mir überhaupt nicht zu. Die gingen mehr in Richtung Kampfamazone. Da mein Lieblingstier der Panther ist und ich auch meist in dieser Gestalt umherstreife, liegt mir schon an einer grazilen Partnerin, um diese Gene entsprechend gut weitergeben zu können. Aber bevor ich über Nachwuchs nachdenken kann, muss ich erst mal die zukünftige Mutter für mich gewinnen. Na dann, auf in den Kampf!

Katie

Zu Hause angekommen, setze ich mich erst mal mit einem Cappuccino auf meine Couch. Was ist da heute passiert? Warum soll ausgerechnet ich die Vorzimmerdame unseres Bosses ersetzen? Tausende Fragen schwirren mir durch den Kopf. Bin ich dem überhaupt gewachsen? Werde ich diese Aufgaben bewältigen können? Ich meine, meine Arbeit am Empfang ist ja ganz nett, jedoch nicht wirklich anspruchsvoll. Aber damals, in meiner Notsituation und ohne Ausbildung, musste ich nun mal nehmen, was ich kriegen konnte, und da war diese Position schon ein Wunder. Ich weiß bis heute nicht, was der Grund war, dass ich herausgepickt wurde unter den 100 Bewerberinnen. Und jetzt kommt einfach so eine Megabeförderung auf mich zu. Ich hab noch immer weiche Knie. Dieser John Newman raubt mir den Atem. Er ist locker 1,85 Meter groß, wenn nicht sogar noch größer, sehr gut gebaut und mit seinen grünen Augen dachte ich, er sieht direkt in meine Seele. Ich war so nervös. Schon lange hat mich niemand mehr so aus der Fassung gebracht. Ach Quatsch, noch nie hat mich jemand so aus der Fassung gebracht. Wie denn auch? Ich treffe ja kaum Menschen, geschweige denn gut aussehende Männer. Aber ehrlich gesagt könnte ich die Vorzüge, die der Job bietet, gut in meinem Leben gebrauchen. Mehr Geld würde bedeuten, ich könnte mal etwas zurücklegen, vielleicht eine größere Wohnung beziehen und ab und an auch mal in Urlaub fahren und die Orte bereisen, von denen ich mir immer nur Filme und Dokumentationen ansehe. Das würde dann bedeuten, ich könnte auch darüber schreiben. Und natürlich fände ich ein eigenes Auto durchaus mal wieder sehr angenehm. Seit fünf Jahren fahre ich Rad, gehe zu Fuß oder muss ein Taxi nutzen. Was soll ich nur tun? Kann man sich bei so einem Boss überhaupt auf die Arbeit konzentrieren? Warum soll ausgerechnet ich das machen? Es gibt in unserer Firma sicher viele Frauen, die erstens qualifiziert dazu sind und sich zweitens den rechten Arm abhacken würden für diese Chance. Wie kommt er auf mich? Weiß er, dass ich keine Ahnung vom Vorzimmer habe? Ich muss Mrs. Blend morgen unbedingt noch vor meinem Termin mit Mr. Newman erreichen.

Um auf andere Gedanken zu kommen, nehme ich ein heißes Bad und gehe direkt im Anschluss ins Bett. Unruhig wälze ich mich hin und her und falle dann irgendwann doch in den Schlaf. Es ist aber kein erholsamer Schlaf. Wilde Kreaturen jagen mich durch einen dunklen Wald. Ich laufe und rufe um Hilfe. Plötzlich springt ein schwarzer Panther mit stechenden grünen Augen vor mich und blickt mir tief in die Augen. Schweißgebadet schrecke ich hoch. Woher kommen neuerdings diese Träume von Wäldern, Tieren und Verfolgungsjagden? Mein Blick auf den Wecker sagt mir, es ist 4.00 Uhr morgens. An Schlaf ist nicht mehr zu denken. Mein Puls rast und ich habe Angst, wieder einzuschlafen. Also gehe ich einfach joggen. Entlang des Fraser Rivers liegt eine wunderbare Laufstrecke. Also ziehe ich meine Sportklamotten an und los geht's. Die Luft ist klar und mild, die Straßenbeleuchtung hell. Ich überwinde meine Bedenken bezüglich der Dunkelheit und laufe los.

Nach ein paar Minuten bin ich in meinem Element. Mein Puls ist gleichmäßig, ebenso wie meine Atmung. Ich habe mich an die Dunkelheit gewöhnt und genieße die Ruhe in der Stadt und die Leere der Straßen. Der Fraser River fließt gemächlich vor sich hin und das Rauschen des Wassers beruhigt meine Gedanken. Ich bin schon immer gern gelaufen. Von klein auf bin ich immer gerannt. Durch den Garten, zur Schule, mit meinem Dad durch den Wald. Meine Kondition ist spitze. Ich laufe fast täglich. Nur meist erst nach der Arbeit. Heute empfinde ich es allerdings wirklich angenehm. Sollte ich jetzt öfter so früh aufwachen, werde ich das Laufen vorziehen. Dem Laufen verdanke ich wohl, dass meine Kuchengelüste nicht allzu sehr auf meiner Hüfte landen. Noch ein Vorteil.

Plötzlich nehme ich Geräusche hinter mir wahr. Mein Gehör und mein Geruchssinn sind sehr ausgeprägt. Das fanden schon immer alle sehr merkwürdig. Ich höre Schritte. Laufschritte, und sie kommen näher. Ich laufe wirklich schon schnell, aber derjenige nimmt meine Verfolgung auf. Ich versuche noch schneller zu werden. Doch auch die Schritte hinter mir nehmen an Geschwindigkeit zu. Jetzt ist mein Puls wirklich wieder am Anschlag und sofort schießen mir wieder die Bilder von heute Nacht durch den Kopf. Ich merke, wie mein Verfolger näher kommt.

Was soll ich jetzt tun? Schreien? Weiterrennen? Mich umdrehen und mich verteidigen?

Noch während diese Gedanken durch meinen Kopf schwirren, berührt mich eine kräftige Hand von hinten an der Schulter und ich bleibe abrupt stehen und schreie. In diesem Moment legt sich eine Hand auf meinen Mund und ich starre in zwei grüne Augen.

„Sch, ich bin es nur. Ich wollte Sie nicht erschrecken." Erleichtert atme ich durch. Es ist John Newman. „Was zum Teufel machen Sie hier mitten in der Nacht?" „Dasselbe könnte ich Sie fragen!" Er mustert mich mit seinen grünen Augen und es geht mir durch und durch. „Ich jogge." „Um 4.00 Uhr morgens?!" „Sie ja auch." „Ja, aber ich bin ein Mann. Eine Frau sollte um diese Uhrzeit nicht allein unterwegs sein. Wenn Sie nun dem falschen Kerl begegnet wären ..." „Ach, und Sie sind der Richtige? Sie haben mich fast zu Tode erschreckt. Als ich Sie habe ankommen hören, da ..." „Sie haben mich gehört?" „Ja, natürlich habe ich das. Und da ist mir wirklich mulmig geworden. Warum haben Sie sich denn nicht bemerkbar gemacht?" „Na, um vier kann ich wohl kaum laut und deutlich ‚Hey, Miss Fuller!' durch die City schreien." Auch wieder wahr. Er hat recht. „Laufen Sie öfters hier, Mr. Newman?" „Nennen Sie mich bitte John außerhalb des Büros." „Äh, ja, okay, gerne. Ich bin Katie." „Ja, das ist mir bekannt." Er lächelt. Aber so was von. Und ich bekomme schon wieder weiche Knie. Hoffentlich komme ich noch heil nach Hause. „Komm, Katie, lass uns gemeinsam weiterlaufen und ich begleite dich nach Hause." Ich nicke nur und wir laufen los. Schweigend nebeneinanderher.

Schon merkwürdig, so ohne Umschweife von ihm per Du zu sein und mit Vornamen angesprochen zu werden. Wir haben den gleichen Rhythmus und das gleiche Tempo. Ich spüre seine Wärme neben mir und rieche seinen männlichen Duft aus jeder Pore. Irgendwas regt sich in mir. Es ist irgendwie ... ach egal. Lauf und hör auf zu denken, Katie. Du spinnst ja. Er ist dein Boss.

Als wir vor meiner Haustüre ankommen, wird mir erst bewusst, dass John Newman jetzt weiß, wo ich wohne. Gut, wenn er es hätte wissen wollen, weiß es auch seine Personalabteilung. Aber trotzdem ist es irgendwie komisch, jetzt hier so verschwitzt um 5.00 Uhr morgens vor meiner Haustür mit ihm zu stehen. „So, hier wohnst du also? Interessant. Ruhige Gegend." „Ja, ruhig und einigermaßen günstig. Ich wohne ganz oben. Eineinhalb Zimmer. Aber für mich reicht es." Warum rechtfertige ich mich denn nun? „Wenn du mein Angebot annimmst, könntest du dir etwas Größeres in einer besseren Gegend leisten. Wenn du das möchtest. Hat Spaß gemacht. Normalerweise laufe ich allein. Aber es hat mir wirklich gefallen. Wir sehen uns dann gleich im Büro." Ohne ein weiteres Wort läuft er los und verschwindet in der Dunkelheit.

John

Ich laufe jeden Morgen um 4.00 Uhr am Fraser River. Laufen ist mein Lebenselixier. Es macht den Kopf frei, meine Muskeln werden am ganzen Körper aktiv und es ist natürlich auch Training. Für den Härtefall. Im Rudel und in der Familie brauche ich Kondition. Noch nie ist mir um diese Uhrzeit hier je ein Mensch oder Ähnliches begegnet. Ich habe Katie schon gerochen, bevor ich sie gesehen habe. Ich habe lautlos mein Tempo erhöht, um an sie ranzukommen. Auch sie wurde immer schneller. Sie legt ein bemerkenswertes Tempo hin. Ich konnte die Angst und Nervosität spüren und den Versuch, das Tempo nochmals zu steigern. Doch an mein Tempo, das eines Panthers, kommt fast kein Lebewesen ran. Ich war erstaunt, dass sie mich anscheinend gehört hat. Das zeugt von einem außergewöhnlichen Gehör. Weiß sie wirklich nichts von ihren Wurzeln? Bemerkt sie nicht manchmal ungewöhnliche Eigenschaften an sich? Na, auf jeden Fall muss sie aus dieser Gegend raus. Dieser Teil von Vancouver ist nichts für alleinstehende Frauen. Ähnlich wie in

Miami herrscht hier im Geschäftsviertel von Vancouver nachts das Drogenkartell. Außerdem möchte ich sie in meiner Nähe haben. Ich werde mich nach einer Wohnung in meiner Gegend umhören und versuchen, sie dorthin zu bekommen. Ist zwar ein Stück weiter weg vom Büro, aber sie bekommt ja als meine Vorzimmerdame einen Firmenwagen und einen Parkplatz. Mir wird schon was einfallen. Schließlich habe ich einen Plan mit Katie. Zu Hause angekommen, stelle ich mich erst mal unter die Dusche. Zwar bin ich verschwitzt vom Laufen, aber viel mehr macht mir meine Erektion zu schaffen. Jedes Mal, wenn ich mit Katie zusammen bin, reagiert mein Körper so verdammt intensiv wie noch nie zuvor. Natürlich habe ich Sex. Viel und gut und hart. Aber nur immer einmal mit einer Partnerin. Ohne Verpflichtung, ohne Versprechen und ohne Gefühl. Liegt mir nicht und ich habe auch kein Interesse daran. Ich werde auch meine Partnerin und die Mutter meiner Nachkommen nicht nach Gefühl, sondern nach Gen- und Erbanlagen auswählen. Liebe und Gefühl tun nicht gut und bringen nur einen Haufen Ärger und Schmerz.

Umso mehr nervt mich meine körperliche Reaktion auf sie. Also lege ich schnell selbst Hand an, um das Problem zu beheben und mich fürs Büro fertig zu machen. Heute soll sich Katie möglichst für den Job, den ich ihr angeboten habe, entscheiden. Ich hoffe sehr, dass mein Plan aufgeht. Ich muss sie in meiner Nähe haben und sie behutsam auf ihre Aufgabe und die Ausübung ihrer Fähigkeiten vorbereiten. Es wird sicher keine leichte Aufgabe und ich habe mich wirklich nicht darum gerissen. Aber ich habe ein Versprechen gegeben und bin eine Verpflichtung eingegangen. Und so was nehme ich sehr ernst. Und zugegeben, sie gefällt mir. Rein optisch und diese schüchterne Art.

Ich entscheide mich heute für den grauen Anzug mit schwarzem Hemd. Der bringt meine grünen Augen gut zur Geltung und somit die Damenwelt und hoffentlich auch Katie ordentlich durcheinander. Und da ich sie für heute zum Lunch eingeladen habe, nehme ich den schwarzen Jaguar.

Auf dem Weg vom Penthouse zu meiner eigenen Tiefgarage überlege ich bereits, in welches Lokal ich Katie am besten ausführen soll. Irgendwas Persönliches, kuschelig und gemütlich. Das Wetter soll heute noch mal erstaunlich gut werden mit Temperaturen um die 22 Grad.

Unten angekommen, steige ich in den schwarzen Jaguar, und da fällt mir auch schon das passende Lokal ein. Es hat ein Rooftop mit traumhafter Aussicht dunkle und stilvolle Einrichtung inklusive Kaminfeuer. Kuschelig und gemütlich. „Miranda anrufen!" Schon toll, diese ganze Technik heutzutage. „Guten Morgen, Mr. Newman, was kann ich für Sie tun?" Wenn Miranda so ans Telefon geht, weiß ich, sie ist nicht allein. Wenn niemand da ist, sagen wir Du und albern auch gelegentlich wie Kinder herum. Das liegt in unserer Natur und wir sind zusammen aufgewachsen. „Mrs. Blend, bitte reservieren Sie heute zum Lunch für zwei Personen im ‚Black & Blue' einen besonderen Tisch mit fantastischer Aussicht." „Ja, sehr gerne, Mr. Newman." „Danke. Ich bin in 15 Minuten im Büro. Bis gleich." Ich drehe das Radio auf und gebe Gas. Der Tag heute wird ein entscheidender Tag in meinem Leben und ich bin gespannt, wie es läuft.

Ich bin heute bereits um Punkt 8.00 Uhr im Büro und stehe bei Mrs. Blend am Schreibtisch, als Mr. Newman auch schon anruft. Okay. Das heißt also: nix mit entspanntem Morgen, sondern früh antreten. Der Empfang ist erst ab 9.00 Uhr besetzt und auch nur bis 17.00 Uhr, was ich als sehr angenehm empfinde. Zwar nur mit 30 Minuten Mittagspause, aber mir genügt das völlig. „Mrs. Blend, wie sind denn Ihre Arbeitszeiten, was sind Ihre Aufgaben und wie läuft das alles hier ab?" Ich bin nervös und aufgeregt und weiß überhaupt nicht, was ich sagen soll. „Mrs. Fuller, entspannen Sie sich ein wenig. Es gibt überhaupt keinen Grund zur Sorge. Ja, die Arbeitszeiten sind etwas anders als beim Empfang, ich bin bereits um 7.45 Uhr da und bleibe meist bis 18.00/19.00 Uhr. Dafür habe ich aber eine Stunde Mittag und kann am Freitag meistens um 12.00 Uhr gehen. Und auch wenn das einmal nicht der Fall ist, sorgt Mr. Newman immer dafür, dass ich mal freie Tage oder lange Wochenenden habe als Ausgleich. Das Gehalt ist super, die restlichen Konditionen auch und die Arbeit macht wirklich Spaß und ist sehr abwechslungsreich. Ich bin sicher, dass ich Sie in zwei bis drei Wochen perfekt eingearbeitet habe. Sie werden rückblickend lachen bei dem Gedanken an Ihre Angst vor diesem Job."

Mrs. Blend ist wirklich eine Vorzimmerperle und findet immer die richtigen Worte. Soll ich es wagen? Karriere zu machen ohne Ausbildung und Vorkenntnisse, erscheint mir irgendwie so unrealistisch.

„Mrs. Fuller, Mr. Newman kommt jeden Augenblick. Das heißt für mich, die Unterschriftenmappe zur Unterzeichnung in sein Büro legen, kurz lüften, nach den Grünpflanzen sehen und seinen Kaffee und Wasser bereitstellen. Kommen Sie gleich mal mit."

Ich folge ihr in die Kaffeeküche und bin erstaunt über diese geschmackvolle Einrichtung und den hypermodernen Kaffeevollautomaten.

„Sehen Sie? Ganz einfach. Glas darunterstellen und ‚Latte macchiato' drücken, mehr ist es nicht. Einen Keks aus der Schachtel hier im Schrank dazu, eine Flasche stilles Wasser mit Zitronenscheibe mit aufs Tablett und weiter geht's."

Wieder laufe ich ihr hinterher ins Büro von John, ähm, Mr. Newman. Wir öffnen die Fenster, stellen Tablett und Mappe auf den Schreibtisch und während Mrs. Blend die Pflanzen inspiziert, lasse ich meinen Blick noch mal durch dieses wunderschöne Designerbüro schweifen. Wieder bleibt mein Blick an dem Bild vom dunklen Wald hängen und ein Schauer läuft mir über den Rücken.

„Ein magisches Bild, oder?" Mrs. Blend lächelt mich an. „Ähm, ja und nein. Mir verursacht es eine Gänsehaut und doch fasziniert es mich auf eine merkwürdige Art und Weise." Sie lächelt nur, sagt aber nichts. In diesem Moment höre ich Johns Schritte vom Aufzug her in Richtung Büro. Ich blicke Richtung Tür und bin wieder einmal hin und weg von diesem Mann. Dunkelgrauer Anzug, schwarzes Hemd, ein umwerfendes Lächeln und diese grünen Augen, die direkt auf mich gerichtet sind.

„Einen wunderschönen guten Morgen, Ladys. Ich hoffe sehr, dass dies hier schon der Beginn der Einarbeitung ist." „Guten Morgen, Mr. Newman. Mrs. Fuller hatte noch Fragen zu meiner Tätigkeit und ich habe ihr gleich mal das übliche Morgenritual gezeigt." „Guten Morgen, Mr. Newman." Mehr bringe ich nicht heraus. Ich stehe einfach nur da und starre ihn an. „Und? Haben Sie schon eine Entscheidung getroffen?" Dieser erwartungsvolle Blick wirkt auf mich magisch und irgendwie … zweideutig. „Oder muss ich mich noch bis zum Lunch gedulden, um Ihre Antwort zu erfahren?" Er lächelt mich derart erwartungsvoll an, dass ich gar nicht anders kann, als „Ja, ich will" zu rufen, leider eine Spur zu laut. Was mir unsagbar peinlich ist, und ich merke selbst, wie mir die Röte ins Gesicht steigt. Wieder lächelt er mich an und auch Mrs. Blend kann sich ein Grinsen nicht verkneifen. „Na, das ist doch wunderbar! Nachdem das nun lautstark geklärt ist, besprechen wir alle Details dann beim Lunch und kümmern uns jetzt um Ihre sofortige Umsiedlung ins Vorzimmer sowie um einen entsprechenden Ersatz für den Empfang. – Los geht's, Ladys, an die Arbeit!"

Ich setze mich sofort mit Mrs. Blend in Bewegung, als er plötzlich meinen Arm ergreift und mich zurückhält. „Und wir beide sehen uns um 12.00 Uhr hier im Büro." Die Berührung und der intensive Blick jagen mir einen wohligen Schauer über den Rücken. Ich nicke nur und verlasse eilig das Büro. – Wie um Gottes willen soll ich hier nur arbeiten?

John

Na, das lief ja ausnahmsweise mal richtig gut und nach Plan. Ich hab sie ab sofort im Vorzimmer sitzen. Erfreut über den ersten Sieg mache ich mich an die Arbeit. Es fällt mir schwer, mich zu konzentrieren, weil ihr Duft noch hier im Raum hängt, und der bringt mich definitiv durcheinander. Dennoch lege ich los. Es stehen einige neue Projekte an und gerade das eine – Ferienblockhütten der Luxusklasse in den Rockies – liegt mir am Herzen. Es ist meine Heimat und nirgends fühle ich mich wohler und freier als dort. Dieses Feriendorf ist für mich eine Herzensangelegenheit und ich habe mich entschieden, dort auch eine Blockhütte für mich bauen zu lassen. Wenn ich zu Hause bin, wohne ich immer noch bei meinen Eltern. Das hat mir bis jetzt auch völlig gereicht. Ich bin selten dort und da brauchte ich bis jetzt nur einen Platz, um zu schlafen. Hier in Vancouver besitze ich ein Penthouse. Zugegeben, es ist eher eine Junggesellenbude, aber doch schön groß, geschmackvoll eingerichtet und gemütlich. Ich fühle mich dort sehr wohl. Aber wenn meine Zukunft Frau und Kinder beinhalten soll, brauche ich ein Zuhause. Und mein Zuhause, das sind die Rockies. Ich möchte, dass meine Kinder ebenso wie ich frei und in der Natur aufwachsen können. Nichts ist schöner als eine glückliche, unbeschwerte Kindheit. Und dort hätten sie viele andere Kinder ihrer Art, um miteinander zu spielen und zu toben, und sie wären niemals allein.

Nach einigen Stunden, die mit Planungen, Telefonaten etc. gefüllt waren, merke ich, dass mein Magen knurrt. Der Blick auf die Uhr bestätigt mir, es ist kurz vor Mittag. Sie müsste also jeden Moment hier auftauchen. Ich speichere meine Dokumente im Computer ab und gehe kurz in mein Privatbad hier im Büro, um mich ein wenig frisch zu machen. Ich höre bereits die Stimmen der zwei Damen im Vorzimmer. Das Gehör eines Jägers ist einfach unbezahlbar. Ich greife nach meinem Jackett und gehe ins Vorzimmer. Miranda sitzt am Computer und Katie hat neben ihr Platz genommen. Ich registriere, dass sie ihre persönlichen Sachen bereits in einem Karton neben dem Schreibtisch stehen hat und ganz konzentriert beobachtet und zuhört, was Miranda ihr erklärt.

„Ich sehe, hier ist die Einarbeitung schon in vollem Gange?" Beide sehen erstaunt zu mir hoch und dann auf die Uhr. „Oh ja. Wir sind bereits hierher umgezogen und haben schon die ersten Aufgaben besprochen. Leider fehlt hier noch der Platz, aber wir kommen derweil gut zurecht", erklärt mir Miranda mit einem Lächeln. „Mrs. Fuller, sind Sie bereit für den Lunch?" „Sofort. Ich hole nur schnell meine Jacke." Sie verschwindet in der Kaffeeküche. „Und, Miranda? Wie läuft es?" „Sie ist ein Volltreffer. Sie begreift wirklich schnell und ist fleißig und engagiert. Leider fehlt es ihr massiv an Selbstvertrauen, aber das bekomme ich hin. Die Personalabteilung hat in der Zwischenzeit eine Dame von einer Zeitarbeitsfirma eingesetzt, bis wir einen festen Ersatz haben." „Gut, dann läuft es ja." „John?" „Ja?" „Sei nett und geh sachte vor. Sie ist wirklich ein nettes Mädel. Mach es nicht wie sonst."

Bevor ich Miranda antworten kann, ist Katie bereits wieder da und sieht mich erwartungsvoll an. „Na, dann mal los. Ich sterbe gleich vor Hunger." Ich nehme sie am Arm und führe sie Richtung Aufzug. Wir steigen ein und ich drücke den Knopf zur firmeneigenen Tiefgarage. Da wir stumm im Aufzug stehen und mein Gehör sehr ausgeprägt ist, kann ich kurz vor dem Halt in der dritten Etage die Stimmen vor dem Aufzug gut hören. Der bürointerne Flurfunk tratscht. „Weißt du, warum ausgerechnet die Dumpfbacke vom Empfang jetzt im Vorzimmer sitzt? Die hat sich wohl hochgeschlafen. Ich weiß von Tracy aus der Personalabteilung, dass die weder einen Schulabschluss noch eine Ausbildung hat. Es ist schon ein Wunder, dass die überhaupt hier einen Job bekommen hat, und jetzt diese Beförderung?" Die andere weibliche Stimme setzt noch einen drauf: „Und die ist ja nicht mal was Besonderes. Hochgeschlafen? Niemals. Schau doch mal in den Klatschspalten, welche Sorte Frau unser Boss normalerweise an seiner Seite hat."

In dem Moment öffnet sich die Fahrstuhltüre und die zwei Tratschtanten erblicken mich mit Katie im Aufzug. Sofort setzen sie ein viel zu zuckersüßes, falsches Lächeln auf. „Mahlzeit, Mr. Newman." Klimper, klimper. Wie ich diese falschen Wimpern hasse. „Hi Katie" ist alles, was sonst noch kommt. Ich erwidere nur „Mahlzeit!" und sehe zu Katie. Sie ist in sich zusammengesunken, den Blick zum Boden gerichtet, und hat knallrote Wangen. Und ich glaube eine einzelne Träne über ihre Wange kullern zu sehen. „Wir fahren nach unten", rufe ich, drücke, ohne zu zögern, den Türschließen-Knopf und lasse die verdatterten Schnepfen vor der Tür stehen. Hat sie etwa auch alles gehört? Vermutlich. Sie hatte ja neulich beim Laufen auch mich gehört. „Ist alles in Ordnung, Katie?" Ich vernehme ein normalerweise nicht hörbares Schluchzen. „Ja, natürlich." Aber sie sieht mich nicht an. Manchmal muss man einfach schweigen. Also warte ich auf das erlösende „Bing" des Aufzugs und wir steigen aus und gehen zu meinem Wagen.

„Oh, wow, was für ein schönes Auto!" Sie lächelt mich an. „Ja, der hier ist einer meiner Lieblinge." „Sehr schön, edel, elegant und doch hat er Temperament. Wie viel PS?" „Ein Jaguar F-Type mit 575 PS." Ich muss lächeln. Es ist schön, wenn sich Frauen auch mal für Männerspielzeug interessieren. „Mein Dad liebte Autos. Wir hatten einen kleinen Fuhrpark zu Hause mit verschiedenen Marken. Aber allesamt sportlich schnittig und schnell." Wieder lächelt sie bei der Erinnerung an ihren Dad. Aber genauso schnell, wie es gekommen ist, verschwindet dieses Lächeln wieder und sie zieht sich in sich zurück. „Los, steig ein, wir fahren." Ich öffne ihr die Türe und sie gleitet geschmeidig wie ein Kätzchen in den Wagen. Die Fahrt über schweigen wir und lauschen nur dem leisen Summen des Motors. Es ist kein unangenehmes Schweigen. Im Gegenteil. Ich genieße ihre schweigende Gesellschaft und die Wärme, die sie neben mir ausstrahlt. Ihr Duft erfüllt das Wageninnere und ich fühle mich aufgehoben und wohl. Ich steuere den Wagen entspannt zum Lokal.

Vor der Tür wartet bereits der Parkservice. „Herzlich willkommen, Mr. Newman. Schön, dass Sie mal wieder bei uns sind. Darf ich Ihren Wagen parken?" „Danke, Simon. Sehr gerne."

„Miss, darf ich Ihnen behilflich sein?" „Nein, das mache ich", entfährt es mir eine Spur zu scharf. Aber *ich* will Katie aus dem Wagen helfen und vor allem will ich nicht, dass sie wer anders anfasst. Erschrocken weicht Simon zurück und Katie sieht mich mit großen ängstlichen Augen an. „Katie, es gebührt mir, dir aus dem Wagen zu helfen, schließlich bist du heute mein Gast", versuche ich die Situation zu retten. Ihr Lächeln gibt mir zu verstehen, dass alles in Ordnung ist.

Wir betreten das Lokal und werden sofort charmant vom Kellner begrüßt und an unseren Tisch gebracht. Erfreut stelle ich fest, dass es wirklich der beste Tisch in einer ruhigen Nische mit erstklassiger Aussicht auf Vancouver ist. Ich rücke Katie den Stuhl zurecht. Während sie sich setzt, steigt mir ihr Parfum in die Nase. Sofort regt sich etwas in mir. Schnell nehme ich ihr gegenüber Platz, damit sie nicht bemerkt, was sich da gerade in meiner Hose abspielt. Sie betrachtet die Umgebung und ich sehe ein Glitzern in ihren Augen. „Wow, was für ein wunderbares Restaurant, und erst diese Aussicht! Vielen Dank für die Einladung. Ich gehe nicht besonders oft essen. Eigentlich nie." Sie lächelt mich an. Gott, was für ein hübsches Wesen. Nur zu gerne würde ich sofort loslegen und versuchen, sie zu verführen. Leider geht das in diesem ganz besonderen Fall überhaupt nicht. „Sehr gern. Und wie schön, dass du dich für den Jobwechsel entschieden hast. Daher werden wir in Zukunft oft und eng zusammenarbeiten und sicherlich auch gemeinsam das ein oder andere Geschäftsessen ..." Abrupt breche ich ab. Katie sieht mich fragend an, aber ich kann mich in diesem Moment nicht auf sie konzentrieren. Mir steigt ein ganz bestimmter Duft in die Nase, der nichts Gutes verheißt. Es riecht nach Wolf. Alphatier Wolf. Schnell scanne ich den Raum und da entdecke ich Ryan. Mit einem gewieften Lächeln und geschmeidigen Bewegungen kommt er direkt auf unseren Tisch zu. Sofort bin ich in Alarmbereitschaft. Was will er hier? Er sollte in den Rockies sein und sich um die Baupläne für die Berghütten kümmern. Ryan ist mein Partner vor Ort. Er hat als Haupttier den Wolf gewählt, ist aber, ebenso wie ich, in der Lage, verschiedene

Gestaltformen anzunehmen. Ich vertraue ihm beruflich blind. Er ist mein Freund. Aber von jeher gab es schon immer diese Rivalität zwischen uns, wenn es um unsere Eroberungen ging. Früher, wenn wir gemeinsam um die Häuser zogen, haben wir uns sogar oft einen Spaß daraus gemacht, wer welche Frau zuerst ins Bett bekommt. Aber hier und heute will ich ihn definitiv nicht in meinem Revier haben.

„Hallo John, wie schön, dich hier zu treffen." „Hallo Ryan, mit dir hab ich hier am wenigsten gerechnet. Solltest du nicht deinen Aufgaben in den Rockies nachgehen?" Ryan lächelt und stellt sich für mich eine Spur zu dicht an Katie. Ich sehe, wie er unauffällig schnüffelt, das fällt hier unter den Menschen nur mir auf. „John, wo bleiben deine guten Manieren? Willst du mich nicht erst mal deiner charmanten Begleitung vorstellen?" Ich sehe, wie Katie Ryan unsicher ansieht und schüchtern lächelt. „Du hast völlig recht. Ryan, das hier ist Katie Fuller, meine neue Vorzimmerdame. Sie springt für Miranda ein, die jetzt dann in Babypause geht." Ryan nimmt Katies Hand, verbeugt sich und gibt ihr einen Handkuss. „Es ist mir ein Vergnügen, Sie kennenzulernen, Miss Fuller." Sofort fängt es in mir zu brodeln an. Lass bloß die Finger von der Mutter meiner zukünftigen Kinder!! Mir entfährt ein leichtes Knurren und Zähnefletschen. Und meine Blicke müssten ihn eigentlich sofort tot umfallen lassen.

Katie

Der Vormittag im Büro verlief sehr gut. Der Umzug und die Neueinrichtung bei Miranda im Büro erfolgten zügig und ich konnte bereits ein paar neue Eindrücke von meiner zukünftigen Arbeit gewinnen. Erst als John direkt vor dem Schreibtisch stand, fiel mir die Verabredung zum Lunch wieder ein. Ich holte sofort meine Jacke und wir gingen zum Fahrstuhl. Schon während er leicht meinen Arm berührte, um mich zum Lift zu geleiten, fühlte ich wieder diese Erregung und ein Schauer lief mir über den Rücken. Im Fahrstuhl schwiegen wir. Kurz bevor er stoppte, hörte ich, wie sich zwei Angestellte über mich unterhielten. Es ging dabei um meine Beförderung und dass ich mich wohl hochgeschlafen hätte, obwohl ich nichts Besonderes sei. Diese Worte verletzten mich zutiefst und ich war kurz davor, etwas zu sagen. Aber wie sollte ich erklären, diese Äußerungen gehört zu haben, was eigentlich unmöglich ist? Ich weiß ja selbst nicht, warum ich so gut hören kann. Ich unterdrückte meine Tränen, wobei mir eine wohl doch entfloh, die ich schnell wegwischte. Als sich die Fahrstuhltür öffnete, standen die beiden Kolleginnen wie angewurzelt in Schockstarre vor uns. Als hätte John es bemerkt, drückte er mit einem knappen Kommentar gleich den Türschließen-Knopf. Hatte er etwa auch etwas gehört?

In der Tiefgarage angekommen, stiegen wir in seinen Jaguar und fuhren los. Außer kurzem Small Talk über das Auto verlief die Fahrt schweigend, aber nicht unangenehm. Als wir im Restaurant ankamen, half er mir galant aus dem Wagen. Ich musste schmunzeln, als er dem Concierge nicht erlaubte, mir zu helfen. Ich genoss diese Aufmerksamkeit. Es war etwas völlig Neues für mich. Ich gehe sonst nicht aus oder mal essen. Das gibt mein Budget nicht her. Und der Laden hier sah richtig, richtig teuer aus. Es war mir fast unangenehm, diese Einladung anzunehmen.

Galant brachte John mich zum Tisch, rückte mir den Stuhl zurecht und setzte sich mir gegenüber. Gerade als wir uns miteinander zu unterhalten begannen, stoppte er mitten im Satz. Es war, als schnüffelte er und suchte den Raum ab. In diesem Moment schritt ein wahnsinnig gut aussehender junger Mann in unsere Richtung. Die beiden kannten sich offensichtlich. Dennoch machte John den Eindruck, nicht wirklich erfreut über sein Erscheinen zu sein. Als sich jener gut aussehende Mann bei mir mit Handkuss als Ryan vorstellte, war mir, als hörte ich ein Knurren und Fletschen aus Johns Richtung. Ich glaube langsam, ich habe Halluzinationen, oder vielleicht hatte ich einfach zu lange nichts gegessen? Wann genau hatte ich eigentlich das letzte Mal etwas gegessen? Mhm ... gestern früh? Ja, das kommt hin. Also war ich definitiv unterzuckert.

Ich beobachtete, wie die beiden Blicke austauschten und ihre Unterhaltung weiterführten. „Es ist mir auch ein Vergnügen, Ryan", antwortete ich, um nicht unhöflich zu sein, entzog ihm aber wieder meine Hand, die er irgendwie nicht loslassen wollte. „Ryan, schön, dich zu sehen, aber das hier ist ein Geschäftsessen und ich möchte dich bitten, bezüglich deiner Anliegen am Nachmittag in mein Büro zu kommen." „Oh, entschuldige, ich wollte nicht stören. Bei diesem Restaurant und diesem Tisch dachte ich an alles Mögliche, nur nicht an etwas Geschäftliches", grinste Ryan John an. Ich sah, wie Johns Adern am Hals etwas hervortraten, und hörte das Pochen und Rauschen seines Blutes. Er sah aus, als würde er Ryan jeden Moment anspringen und in Stücke reißen. „Du störst aber", war alles, was John erwiderte, und anscheinend reichte es aus, damit Ryan sich verabschiedete und uns nur ein „Also gut, dann bis später im Büro, John, Miss Fuller" zurief und verschwand. „So, jetzt sind wir ungestört, hoffe ich. Entschuldige bitte, Katie." „Kein Problem."

Wir vertieften uns in die Speisekarte. Mir wurde bei den Preisen ganz schwindelig. Ich konnte mir hier unmöglich ein Essen leisten und wollte auch nicht, dass mein Boss so viel für mich bezahlte. Ich war zwar früher ein sehr verwöhntes Frauenzimmer, das sich auf Luxusebene durchschummelte, aber das Leben nach dem Tod meiner Eltern hat mich verändert. Ich kann mir einen gewissen Luxus einfach nicht mehr leisten, selbst wenn ich wollte. Aber gut, vielleicht ist der neue Job ja wirklich eine tolle Chance auf ein bisschen mehr Lebensqualität. Als wenn John mein Zögern bemerkt hätte, sagte er: „Katie, erlaube mir, für uns beide zu bestellen. Du isst doch Fleisch, oder?" „Ja, ich esse Fleisch, aber es ist wirklich nicht nötig ..." „Dann überlasse bitte mir die Wahl", unterbrach er mich lächelnd. Diesem Lächeln konnte ich schlechtweg nicht widerstehen und so nickte ich einfach nur. Und jetzt kreisen meine Gedanken permanent darum, ob er wirklich geknurrt hat oder ob ich tatsächlich langsam durchdrehe.

John

Ich hoffe inständig, Katie hat mein Knurren nicht gehört. Ich bezweifle es aber, da ich ja schon Zeuge ihres ausgesprochen guten Gehörs geworden bin. Soll ich diese Aufzuggeschichte ansprechen? Schwierig. Weil ich leider gerade nicht beurteilen kann, ob das jeder Mensch hätte hören können oder nur wir beide. Somit würde ich auch mein extrem ausgeprägtes Gehör offenbaren. Dafür ist aber noch nicht der richtige Zeitpunkt. Ich beobachte sie beim Studieren der Speisekarte. Ich lese in ihr jede Emotion wie in einem offenen Buch. Das alles hier ist anscheinend einen Level zu hoch für sie. Ich weiß, dass sie früher von ihren Eltern wie eine Prinzessin behandelt wurde. Luxus pur, ohne etwas dafür zu tun. Einfach in den Tag hineinleben. Hätte ich sie zu dieser Zeit getroffen, wäre sie der Typ Frau gewesen, der mich null interessiert, außer für eine kurze schnelle Nummer. Attraktive, verwöhnte und schicke Betthasen. Die Katie von heute musste über Nacht erwachsen werden und viel verarbeiten. Aus der verzogenen Partymaus ist eine schüchterne, bescheidene Einzelgängerin geworden. Das komplette Gegenteil also. Sie ist zwar sehr hübsch und achtet auch auf sich, aber nicht so überzogen. Wenig Make-up und ihre Garderobe ist zwar edel und schick, aber es ist durchaus zu erkennen, dass diese noch aus vorherigen Zeiten stammen. Etuikleider und Blazer kommen zwar nie aus der Mode, aber doch gibt es hier und da immer wieder Veränderungen im Design. Ich habe in meinem Konzern circa 150 Angestellte, davon ist über die Hälfte weiblich. Da bekommt man ein bisschen ein Auge für so was. Außerdem kenne ich absolut keine Frau, die immer nur eine Handtasche dabeihat. Das zeigt mir, dass es ihr entweder nicht mehr wichtig ist oder sie es sich schlichtweg nicht leisten kann. Aber das wird sich in Zukunft schon ein bisschen ändern. Dafür werde ich sorgen. Schließlich habe ich noch so einiges vor mit ihr. Der Kellner kommt und ich bestelle für uns zwei Wasser, Wein und zwei Steaks mit Kartoffeln und Grillgemüse.

„Katie, wie gefällt es dir bis jetzt bei uns oben im 65. Stockwerk?" „Danke, sehr gut. Miranda ist wirklich eine tolle Kollegin und erklärt mir alles sehr gut. Es ist zwar ein völlig neues Aufgabengebiet, aber ich freue mich darauf, Neues zu lernen. Ich hoffe, ich lerne schnell genug, damit du deine Entscheidung nicht bereust." Oh Mann, wie dumm von mir, so was zu meinem Boss zu sagen. Ich sollte sicher und kompetent auftreten. Aber mir liegen noch die Kommentare, die ich im Aufzug mitbekommen habe, im Magen. Das sollten sie zwar nicht, es ist aber nun mal so. „Ich bin mir sicher, du wirst schnell lernen und alle Aufgaben zu meiner vollsten Zufriedenheit erledigen. Welche Bereiche in meiner Firma findest du persönlich denn am spannendsten?" „Ja, also, heute habe ich ja hauptsächlich die Sachen, welche die vorhandenen Projekte hier in Vancouver betreffen, kennengelernt. Aber mir ist ja bekannt, dass wir auch viele großartige Bauprojekte auswärts planen und betreuen. Ich interessiere mich sehr für Häuser, die mehr in der Natur liegen als in der Stadt. Bei solchen Projekten kann man nicht nur über die Vorzüge des Anwesens, sondern gleichzeitig auch über die Vorzüge des Umlandes, der Natur sowie über dortige Aktivitäten berichten. Reiseblogs und Reisedokus sind meine große Leidenschaft. Vor allem hier in Kanada. Ich finde, die Bandbreite, die unser Land bietet an Städten und Natur, ist einzigartig." Fast erschrocken hält sie plötzlich inne. „Tut mir leid, ich weiß gar nicht, warum ich dir das alles erzähle." „Aber bitte, mich interessiert es sehr, wofür du dich interessierst und was dich bewegt. Ich möchte immer gern etwas über die Person wissen, die nah mit mir zusammenarbeitet."

In diesem Moment kommt unsere Bestellung. Ich hab einen Bärenhunger. Wir legen beide sofort los. Schweigend genießen wir unser Mittagessen. Es ist wirklich schön, mal eine Frau zu sehen, die ein gutes Steak zu schätzen weiß und mit gesundem Appetit isst und nicht nur an einem Salatblatt herumkaut. Nach dem Essen unterhalten wir uns bei einem Espresso noch ein wenig über ihre Aufgaben als meine Sekretärin, ganz locker und ungezwungen. Und doch habe ich heute wieder einiges über sie erfahren. Ihre Leidenschaft für Kanada und die Natur eröffnet mir gute Möglichkeiten für meine Pläne und auch persönlich freut es mich sehr, da ich diese Leidenschaft vollkommen mit ihr teile.

Katie

Das Essen mit John war wirklich sehr schön und ich habe dieses tolle Ambiente und das hervorragende Steak wirklich genossen. Ich hoffe, er hält mich nicht für gefräßig, aber es war wirklich so lecker, dass ich alles bis auf den letzten Bissen verputzt habe. Es hat sich schon lange niemand mehr so um mich gekümmert und auch nicht für meine Ansichten interessiert. Ein schönes Gefühl.

Der Rest des Tages vergeht wie im Flug. Ich höre zu, mache mir Notizen und Miranda wird nicht müde, mir alles bis ins kleinste Detail zu erklären. John ist seither in seinem Büro verschwunden. Er ist permanent am Telefon. Gegen 18.00 Uhr verlasse ich mit Miranda das Büro, ohne ihn nochmals gesehen zu haben. Es macht mich fast ein wenig traurig. Aber es wäre wohl kaum angebracht, ins Büro zu platzen und Tschüss zu sagen. Miranda meinte, wenn er sich verschanzt und nur telefoniert, möchte er nicht gestört werden. Ansonsten würde sie sich natürlich verabschieden und fragen, ob er noch was braucht. Aber momentan stehen wichtige Entscheidungen für ein Projekt in den Rocky Mountains an und die haben gerade oberste Priorität für John.

Wir stehen vor dem Fahrstuhl. Als sich dieser öffnet, steht Ryan plötzlich vor mir. „Hallo Ladys, ist der Boss noch da?" Ich möchte Hallo sagen und dass er leider nicht gestört werden will. Aber Miranda kommt mir zuvor. Sehr zu meinem Erstaunen sagt sie nur: „Ryan, Schatz, wie immer auf den letzten Drücker. Du weißt ja, wo alles ist, inklusive der Kaffeemaschine, denn wir haben jetzt Feierabend", und schiebt mich mit in den Fahrstuhl. Etwas verdutzt sehe ich sie an. „Ryan gehört quasi zur Familie, musst du wissen, er darf kommen, wann er will, und kann auch immer zu John."

Ich nehme das einfach zur Kenntnis. Dennoch beschäftigen mich den ganzen Abend noch diverse Fragen, die nicht nur die Arbeit betreffen. Schon lange hat mich niemand mehr so interessiert und beschäftigt wie John Newman. Ein wirklich sehr außergewöhnlicher Mann. Und auch die Menschen in seiner unmittelbaren Umgebung, wie Miranda und Ryan, haben etwas an sich, was für mich irgendwie unbeschreiblich ist. Auch der Umgang untereinander ist bei ihnen anders. Ich kann es nicht einordnen.

Zu Hause lasse ich mir erst mal ein heißes Bad einlaufen. Ich zünde eine Kerze an, schenke mir ein Glas Wein ein und lasse mich entspannt in ein Schaumbad gleiten. Leise läuft Wellnessmusik im Hintergrund. Ich schließe meine Augen und merke gar nicht, wie ich wegdöse.

Ich bin wieder im Wald, es ist dunkel, aber ich sehe erstaunlich gut. Wahrscheinlich durch das Mondlicht. Rehe laufen von mir davon und ich verspüre wieder das Gefühl, verfolgt zu werden. Automatisch renne ich los. Schneller und schneller. Das Gehölz knackt unter meinen Füßen, ich atme schnell und laut. Ich bin extrem schnell. Ich vernehme etwas hinter mir. Es kommt näher und atmet noch lauter als ich. Ich versuche mich umzudrehen und zu sehen, wer genau hinter mir her ist. Ich erkenne nur schwarze Umrisse und grüne Augen ... Was ist das? ... Ahhh, ich falle ... und zack, ich erschrecke vor meinem eigenen Aufschrei und rudere so wild mit den Armen, dass ich mein Bad fast überflute. Ich bin wach und in meiner Wanne. – Gott, was sind das für seltsame Träume momentan! Ich zittere am ganzen Körper und schaffe es kaum rüber in mein Bett. Erschöpft, viele Fragen im Kopf und Angst vor dem nächsten Traum, rolle ich mich in meiner Bettdecke ein und versuche mich zu beruhigen.

John

„Na, wer schneit denn da so spät am Abend noch herein?" Ryan öffnet schwungvoll meine Bürotür und kommt strahlend wie immer hereingeweht. Natürlich habe ich das bereits gewusst. Erstens habe ich es gerochen und zweitens habe ich die drei am Fahrstuhl gehört. Schade, dass ich Katie heute gar nicht mehr zu Gesicht bekommen habe. Ich habe das gemeinsame Essen mit ihr sehr genossen. Ich fühle mich wohl in ihrer Gegenwart und bin gern mit ihr zusammen. „Was grinst du denn so dämlich vor dich hin, John? Träumst du etwa von dem netten Käfer, den du beim Essen dabeihattest?" Sofort setzt mein Instinkt bezüglich meines Besitzanspruches ein und ich springe fast über meinen Tisch und packe Ryan am Kragen. „Wag es ja nicht, noch mal so über sie zu sprechen oder ihr auch nur eine Spur zu nahe zu kommen." Ryan ist etwas blass geworden und sieht mich erstaunt an. „Komm, Junge, war nur Spaß. Lass mich los und erzähl mir mal bitte, was hier los ist." „Tut mir leid. War nicht so gemeint. Mir gehen heute schon den ganzen Tag wegen Katie die Sicherungen durch. Ich konnte gerade so an mich halten, dass ich den Concierge nicht gebissen habe, weil er ihr aus dem Wagen helfen wollte." „So kenn ich dich gar nicht. Klär mich bitte auf, was an dieser Katie so besonders ist." „Du weißt schon, dass der Clan beschlossen hat, dass ich als Alpha jetzt das Alter und die Verpflichtung habe, Nachkommen zu zeugen?" „Ja, das ist mir bekannt." „Nun, sie ist die Mutter meiner zukünftigen Kinder." „Moment ... warum?" „Hast du es nicht gerochen?" „Nein, was?" „Sie ist eine von uns. Nur weiß sie es leider noch nicht. Ihre Eltern waren die Fullers. Erinnerst du dich an die Familie? Sie waren nur zu dritt. Lebten zurückgezogen und ohne Clan oder Rudel. Leider konnten sie ihrer Tochter nichts mehr beibringen und erklären, geschweige denn sie aufklären, was sie genau ist. Sie sind angeblich bei einem Verkehrsunfall ums Leben gekommen. Stand in der Zeitung. Ich kannte ihren Vater von verschiedenen geschäftlichen Aktivitäten ganz gut, und da sie keine Verwandten oder Ähnliches hatte, habe ich ihr damals mit einem Job am Empfang aus der Patsche geholfen, aber nichts weiter unternommen. Jetzt haben Gerüchte die Runde gemacht, es gebe eine Auserwählte. Eine, die noch mehr kann, als wir bereits können. Der Sage nach ein Weibchen. Angeblich sei sie die Retterin unserer Art. Aber niemand hat sie je gesehen oder kennt sie. Daher kam mir der Gedanke, es könnte Katie sein. Und als es dann um die Erfüllung meiner Pflicht ging, dachte ich mir, das wären dann gleich zwei Fliegen mit einer Klappe."

Ryan sieht mich mit großen Augen an. „Ja, toller Plan, und ich weiß ja auch, wie gut du deine Pläne umsetzt. Rational, kalkuliert und ohne jegliche Emotion. Aber hallo, du hast mich heute angeknurrt und gerade bist du mir an die Gurgel gegangen. Erklär mir das bitte." „Ja Mann, tut mir leid. Ich weiß auch nicht so genau. Es ist alles echt grad kompliziert. Sie weiß ja noch nichts. Und um sie einzuweihen, muss ich erst mal eine Vertrauensbasis schaffen. Und sie näher kennenlernen. Ich kenn das auch nicht so von mir, aber sie berührt mich irgendwie und ich reagiere nicht nur körperlich auf sie. Ich will sie beschützen, aber auch besitzen. Ich will sie glücklich machen." „Gib mir 'nen Scotch, bitte." „Hol ihn dir doch selber und mir auch gleich einen. Du weißt ja, wo alles ist." „Du bist ja heut die Gastfreundschaft in Person, John." „Stell dich nicht so an, kleiner Bruder. Du wirst es überleben. Was verschafft mir eigentlich die Ehre? Solltest du dich nicht um die Hütten in den Rockies kümmern?" „Dad schickt mich. Eben wegen besagten Themas. Erstens soll ich dir sagen, einige nette Weibchen seien bereit, deine Partnerin zu werden. Nette Hasen dabei. Ich hab sie mir angesehen. Du solltest dich langsam mal entscheiden. Und zweitens hat er gehört, dass unser verfeindeter Clan, die Wölfe, sich auf die Suche macht nach Katie. Es ist wohl durchgesickert, was du bereits weißt, und auch, dass sie hier in Vancouver ist." „Mist. Das heißt, ich muss mich beeilen und gut auf sie aufpassen. Sie werden sie finden, jagen und mit Sicherheit weder zimperlich noch vorsichtig mit ihr umgehen. Das darf nicht passieren. Weißt du, wo sie hin ist?" „Hier, trink einen Schluck."

Ich nehme das Glas Scotch und schütte es mit einem Schluck in meinen Rachen. Die braune Flüssigkeit brennt in meiner Kehle, aber es ist mir völlig egal. „Langsam, Brauner, ruhig. Wir brauchen jetzt einen Plan. Dein kleiner Bruder ist da, um dir zu helfen." „Danke, Ryan. Aber am besten hilfst du mir, wenn du dich um die Rockies kümmerst, denn das wird meine baldige Anlaufstelle mit der zukünftigen Mrs. Newman. Und für heute Nacht kannst du mir tatsächlich einen Gefallen tun, Ryan. Bitte bleib bei Katie vor der Türe und bewache sie so lange, bis sie morgen früh hier bei mir im Büro ist." „Klar, das mach ich gerne, John. Was soll ich Dad nun mitteilen?" „Sag ihm, die Sache mit der Gefährtin ist bereits erledigt. Ich hab mich entschieden, aber es dauert noch ein wenig, bis sie es weiß." „Alles klar. Wird erledigt. Dann gib mir mal die Adresse für meine Nachtschicht, Bruderherz."

Am nächsten Morgen erschien Katie zusammen mit Miranda pünktlich um 7.45 Uhr im Büro. Miranda bemerkte mich sofort. Das lag natürlich an ihren außergewöhnlich ausgeprägten Sinnen. Diese wurden während ihrer Schwangerschaft noch verstärkt. Sie schloss die Türe, obwohl das ja nun nicht wirklich was bringt.

„John, warst du wieder die ganze Nacht hier?" „Ja, Miranda, war ich. Ich musste mir einiges überlegen, wir haben nicht mehr viel Zeit. Die Wölfe wissen Bescheid und sind auf der Suche, und zwar hier in Vancouver. Ich musste mir einen Plan überlegen, wie ich sie hier wegbringe. Unauffällig. Wie lange kannst du hier noch die Stellung halten?" „Ich denke, dass ich schon noch so sechs Wochen schaffe, und zur Not kann immer noch Tracy aus der Buchhaltung einspringen. Sie war ja schon öfters meine Urlaubsvertretung und hatte eigentlich mit diesem Job gerechnet." „Das erklärt auch den bösartigen Büroklatsch hier." „Na ja, wirklich Klatsch ist es ja nicht, du willst ja wirklich was von ihr." „Wo ist sie?" „Mach dir keine Sorgen, ich hab sie runtergeschickt in die Kantine. Sie kann uns nicht hören." „Gut. Ryan hat die ganze Nacht vor ihrer Wohnung gewacht und ist ihr bis in die Arbeit gefolgt. Er konnte nichts Auffälliges feststellen. Daher will ich sie hier wegbringen, solange noch keiner von den Wölfen weiß, wer sie ist. Am besten schon morgen. Du musst hier die Stellung halten. Ryan ist schon auf dem Weg in die Rockies und bereitet meine Hütte vor. Schick sie bitte gleich zu mir, wenn sie wieder da ist." „Alles klar, und mach dir nicht so viele Sorgen, John. Ich rieche ihr Interesse und ihre Erregung, wenn du in der Nähe bist. Du wirst sie sicher für dich gewinnen."

Katie

Die Nacht verlief ruhig und traumlos. Gott sei Dank. Ich bin heute superpünktlich mit Miranda im Büro gewesen und anscheinend war John bereits vor uns da. Miranda schickte mich sofort in die Kantine, um Sandwiches zu besorgen für uns drei. Auf dem Weg in die Kantine bemerkte ich wieder einmal die abschätzenden Blicke einiger weiblicher Kolleginnen, allen voran Tracy. Ich denke, sie war scharf auf den Job. Vor allem aber ist sie definitiv, wie viele hier im Haus, scharf auf John. Fast jede hier möchte den ewigen Junggesellen gerne für sich einfangen. Aber ich gehe hoch erhobenen Hauptes an ihnen vorbei. Er wollte mich. Auch wenn ich nicht weiß, warum, bin ich sehr froh darüber. Erstaunt stelle ich in der Kantine fest, dass hier bereits die Weihnachtsdekoration aufgehängt wird und es Lebkuchen und Spekulatius in der Auslage gibt. Ich verdränge diese Zeit des Jahres immer gerne. Ich verbringe Weihnachten stets allein und mache auch keine große Sache daraus. Es ist einfach zu schmerzhaft für mich. Aber Lebkuchen liebe ich noch immer. Ich bin jedoch standhaft. Es ist erst November.

Ich verkneife sie mir bis zum 1. Dezember. Als ich wieder oben ankomme, nimmt mir Miranda die Sandwiches ab und schickt mich gleich in Johns Büro.

„Guten Morgen, Mr. Newman." „Guten Morgen, Katie. Es ist niemand hier, du kannst bei John und Du bleiben. – Ich komme gleich zur Sache, denn es eilt. Ich habe momentan ein großes Projekt in den Rocky Mountains. Wir haben dort mehrere luxuriöse Blockhütten gebaut, so in der Art eines kleinen Feriendorfes. Idyllisch und mit viel Luxus ausgestattet. Ferner gibt es in unmittelbarer Nähe ein kleines Städtchen, wo man alles bekommt, was man so braucht. Lebensmittel, Kleidung, Bars etc. Dieses Projekt ist ein echtes Herzensprojekt von mir, da ich die Rockies liebe. Ich bin dort aufgewachsen und der Großteil meiner Familie lebt dort. Wir brauchen für dieses Projekt eine außerordentlich gute Werbung. Du hast ja erwähnt, du würdest gerne Reiseblogs schreiben. Meinst du, du könntest auch eine Werbeanzeige schreiben?" „Ähm, ja, ich denke schon, dass ich das hinbekomme. Man könnte das ja auch verbinden. Eine Werbung, Flyer und einen kleinen Reiseblog mit dazugehörigem Link, der einen sofort auf die richtige Website bringt. Von dort aus könnte man dann auch gleich buchen." „Fantastisch. Genau so was habe ich mir vorgestellt. Gut, dann machen wir das so. Wir brechen morgen früh auf. Pack alles ein, was du so für eine zweiwöchige Reise brauchst. Und denk dran, in den Rockies liegt schon Schnee. Also winterfeste, warme Klamotten, trotzdem einen Badeanzug für den Whirlpool, gute Schuhe etc. Laptop und alles, was du zum Schreiben brauchst, ist bereits vor Ort." „Wie jetzt? Morgen für zwei Wochen wegfahren mit dir?" „Ja genau. Der Helikopter startet morgen früh um 9.00 Uhr hier auf dem Dach. Du kannst heute Mittag nach Hause gehen, um in Ruhe zu packen. Ich komme dann vorbei und hole dich mit deinem Gepäck ab." „Okay." Mehr bringe ich nicht heraus.

Ich gehe zurück zu Miranda, immer noch perplex über die bevorstehende Geschäftsreise. Ich war noch nie auf einer Geschäftsreise. Miranda schiebt mir mein Sandwich und einen Cappuccino hin. „Iss, Kleine, und dann geh packen. Die Rockies sind toll und eine Reise wert. Und so kannst du gleich mal beweisen, was du alles kannst. Ich halte hier die Stellung und den Rest bring ich dir bei, wenn du wieder zurück bist." Sie grinst und beißt in ihr Sandwich.

Was passiert hier gerade alles in meinem Leben?

John

So, das war ja einfach. Lief genau nach Plan. Ich hätte nicht gedacht, dass es so leicht werden würde, sie in die Rockies zu locken. Ryan hat mir bereits bestätigt, dass meine Hütte mit dem ganzen Drum und Dran fertig ist. Ich habe nicht erwähnt, dass wir zusammen wohnen werden. Sicher ist sicher. Ich werde den PC jetzt runterfahren und das Büro für heute verlassen. Ich bin anscheinend eh schon wieder der Letzte. Es ist schon überall die Nachtbeleuchtung an.

Als ich mit meinem Jaguar aus der Tiefgarage fahre, bemerke ich einige dunkle Gestalten gegenüber von meinem Bürogebäude. Es sind definitiv Gestaltwandler, aber nicht von meinem Clan. Mist, das heißt, sie haben einen Verdacht. Wahrscheinlich beobachten sie eher mich, um herauszufinden, was ich weiß oder mit wem ich unterwegs bin. Sie können Katie noch nicht identifizieren. Wenn sich ein Gestaltwandler noch nie verwandelt hat, hat er weder optische Anzeichen noch den typischen Geruch für uns am Körper. Sie geht also noch als Mensch durch. Ich gebe Vollgas. Ich muss diese Gestalten loswerden. Und ich muss Katie aus ihrer Wohnung bringen. Sie darf die Nacht nicht ungeschützt sein. Vor allem falls sie noch mal zum Laufen geht oder um sonstige Dinge zu erledigen.

Ich fahre schnell und viele Umwege, aber mir ist niemand gefolgt. Über die Freisprecheinrichtung rufe ich Katie an. „Ja hallo, hier Katie Fuller", meldet sie sich schon nach dreimal An-

klingeln. „Hi Katie, hier ist John. Bist du schon fertig mit Packen?“ „Ja natürlich. Ich wollte gerade noch mal laufen gehen
und dann ins Bett.“ „Gut, ich bin in fünf Minuten bei dir. Zieh
dich bitte an und nimm dein Gepäck gleich mit. Wir starten heute noch.“ „Ähm, ja, okay. Aber ich brauche noch zehn Minuten,
ist das in Ordnung?“ „Ja natürlich. Ich komme hoch und helfe
dir tragen. Bis gleich.“

Im Nachgang rufe ich noch bei meinem Piloten an, der wenig begeistert ist, um diese Zeit noch loszufliegen. Jetzt müssen wir den Jet nehmen, da der Heli im Dunkeln zu gefährlich
ist. Das heißt dann keine Ankunft direkt bei den Hütten, sondern am Flugplatz. Was wiederum heißt, ich muss Ryan noch
informieren. „Ryan, hier John. Ich fliege heute noch mit Katie los. Bitte hol uns am Flugplatz mit dem Jeep ab und besorg
mir noch alles, was ich so zum Anziehen und so weiter brauche.
Und fülle bitte noch den Kühlschrank. Wir müssen hier dringend weg. Die Wölfe sind da.“ „Alles klar, bin schon unterwegs.
Bis später, Bruderherz.“

Ich parke direkt vor ihrer Haustüre und überprüfe mit meinem ausgeprägten Seh- und Geruchssinn die Gegend. Niemand
da. Perfekt. In dem Moment kommt auch schon Katie mit einem Koffer aus der Türe. Ich bin immer noch erstaunt über ihre
Spontanität und Flexibilität. Noch nie habe ich eine Frau getroffen, bei der das hier gerade funktioniert hätte und die nicht
mindestens fünf Koffer dabeihätte. Während ich aussteige und
den Kofferraum öffne, steht sie schon neben mir. „Lass mich
dir den Koffer abnehmen. Ist das alles?“ „Ja, ich bin ehrlich gesagt nicht so gut ausgerüstet mit ganz dicken Klamotten. Daher habe ich alles, was ich habe, eingepackt plus Kosmetik und
fertig. Ich hoffe, ich komme damit ohne Frieren klar und es gibt
eine Waschmaschine irgendwo?“ „Ähm, klar, das kriegen wir
hin, ansonsten kaufen wir dir ein paar Wintersachen. Das ist
in den Rockies kein Problem. Steig ein, der Pilot wartet bereits.“

Wir fahren los und Katie sitzt schweigend neben mir. Ich spüre ihre Unruhe. „Danke, dass du so spontan bist.“ „Kein Problem, aber verrätst du mir, warum wir so plötzlich aufbrechen?“

Mist, dafür hab ich grad echt keine gute Erklärung parat. Ich darf aber nicht zu lange überlegen. „Äh, ja, der Pilot braucht morgen dringend einen freien Tag, aus privaten Gründen", lüge ich. „Und später wollte ich auf keinen Fall los. Es ist wichtig, die Kampagne so bald wie möglich zu starten. Und nichts ist schöner, als die Weihnachtsstimmung dort mit einzufangen für unsere Werbung." „Verstehe, und womit fliegen wir? Ich bin noch nie geflogen und hab ein klein bisschen Panik." „Keine Angst, Katie, der Privatjet ist toll und der Pilot ein Ass und ich pass schon auf dich auf."

Katie

Der plötzliche Aufbruch erschien mir zwar merkwürdig, aber auf der anderen Seite hatte ich ja eh nichts zu tun, außer allein zu sein. Seit ich John näher kenne, werde ich mir meiner Einsamkeit wieder sehr stark bewusst. Er hat etwas in mir ausgelöst. Den Wunsch nach Nähe, Vertrauen und Liebe. Diese Gefühle habe ich die letzten Jahre sehr erfolgreich verdrängt und vergraben. Ich bin schon ein wenig aufgeregt, diese Reise mit ihm anzutreten. Klar, es ist eine geschäftliche Reise. Aber eine Reise mit ihm. Mir gefällt, dass wir uns duzen, wenn keiner da ist, und seine galante und charmante Art. Sehr fürsorglich. Ich bin es nicht mehr gewöhnt, dass sich jemand um mich kümmert. Bei der Aussage, dass er auf mich aufpassen würde, wurde mir ganz warm ums Herz.

Wir sind inzwischen am Flugplatz angekommen und fahren direkt vor den Jet. Dort warten bereits der Pilot und ein anderer Mann.

Wir steigen aus. Der Pilot begrüßt John sehr herzlich und meint, wir könnten sofort starten. Der zweite Mann begrüßt John ebenfalls und verstaut unser Gepäck im Flieger. John bedankt sich und gibt ihm den Autoschlüssel mit der Bitte, den Wagen nach Hause in die private Garage zu bringen. Jetzt wird mir doch ein wenig flau im Magen. Ich steige die Treppen hinauf und betrete das Flugzeug. Mir stockt der Atem. Ich kenne ja durchaus ein klein wenig Luxus von früher von meinen Eltern. Aber das hier übersteigt selbst meine Vorstellungskraft. Es gibt ein Cockpit für zwei Piloten, wobei nur einer benötigt wird, um das Flugzeug zu fliegen. Dann gibt es sechs verteilte Plätze für Reisende. Alles ist in warmen Karamell- und Beigetönen gehalten und mit goldenen Akzenten abgerundet. Im hinteren Bereich gibt es eine kleine Bar und ich kann noch zwei weitere Türen entdecken.

John bringt mich auf meinen Sitzplatz und geht noch mal kurz zum Piloten. Die Türe wird geschlossen und die Triebwerke gehen an. John setzt sich mir gegenüber und schnallt sich an. Ich tue es ihm gleich und blicke aus dem Fenster. Schon beginnen wir zu rollen und meine Hände krallen sich ein bisschen zu stark in die Armlehnen. Das bemerke ich allerdings erst, als John meine Hand in seine nimmt und mit dem Daumen beruhigend über meine Hand streichelt. „Keine Angst, Katie, wir sind gleich in der Luft und dann mach ich uns erst mal einen Drink. Wir fliegen circa eine Stunde und vom Flugplatz aus bringt uns Ryan dann in unsere Bleibe. Ich denke, gegen 23.00 Uhr sind wir dann am Ziel. Hast du schon was gegessen? … Katie?"

Ich bin so vertieft in seine Berührung, dass ich nur die Hälfte dessen, was er gesagt hat, mitbekommen habe. „Äh ja … was … essen … nein … glaub nicht." Anscheinend haben wir unsere Flughöhe erreicht, denn John schnallt sich ab und geht hinüber zur Bar. Dort nimmt er zwei Gläser und füllt sie mit Eis und Brandy. Aus dem Kühlschrank zaubert er ein Tablett mit Sandwiches hervor und bringt beides zu uns herüber. „So, jetzt stoßen wir an und genießen einen Snack bis zur Landung. Falls du auf die Toilette musst, findest du diese hinten links, und falls du dich ein wenig ausruhen möchtest, befindet sich im hintersten Teil ein kleines Schlafzimmer." „Danke dir. Mir geht's gut und ich habe gerade nicht vor aufzustehen." Er reicht mir einen Brandy und ein Sandwich und ich lasse mir beides erst einmal schmecken. Er tut es mir gleich. Eine angenehme, ruhige Atmosphäre umgibt uns. Ich vermisse bereits jetzt seine Berührung. Ich habe regelrecht das Gefühl, meine Haut würde an der Stelle, an der er mich so zärtlich berührt hat, brennen.

John

Es ist wirklich süß zu sehen, wie entzückt und erstaunt, aber auch ängstlich sie das hier alles wahrnimmt. Beim Start der Maschine krallt sie ihre Hände so dermaßen in die Armlehnen, dass ihre Knöchel ganz weiß werden. Es ist ein Reflex, ihre Hand zu nehmen und zu streicheln. Sie wehrt sich nicht dagegen und scheint die Berührung genauso zu genießen wie ich. Als wir jetzt zusammen essen, ist es ein wirklich angenehmes Schweigen und ich genieße ihren Anblick und sie zu beobachten. Kein Rumgezicke wegen des Essens, wegen der Kalorien, kein Gemeckere in Bezug auf den Belag oder Sonstiges. Etwas, was ich von meinen sonstigen Bekanntschaften nicht wirklich kenne. Alle sind ständig auf Diät oder essen dies und das nicht. Das kann einem ja egal sein, wenn man die Dame nur ein Mal flachlegt und dann nie wiedersieht. Aber bei meiner Gefährtin würde mir das schon tierisch auf die Nerven gehen.

Nachdem wir gegessen haben, kommt auch schon die Ansage des Piloten, wir sollen uns bitte wieder anschnallen, der Landeanflug beginnt. Perfektes Timing. So kann ich weiteren Fragen entgehen. Ich habe noch keine Ahnung, wie ich das mit der Hütte anstellen soll. Ein Schlafzimmer. Ein Bett. Das wird heute noch spannend. Wieder verkrampft sich Katie durch und durch und wieder malträtiert sie die Armlehne. Ich greife wieder nach ihrer Hand, woraufhin sie mich dankbar anlächelt. Irgendwas passiert hier mit mir. Es geht mir durch und durch und außerdem meldet sich mein bestes Stück zu Wort. Oh Mann. Hoffentlich fällt ihr das nicht auf. Warum reagiere ich so auf sie? Ich versuche mich auf irgendetwas Sinnfreies zu konzentrieren und schaffe es, wieder runterzukommen. Wir setzen auf. Als wir die Parkposition erreicht haben, öffnet Ralph, der Pilot, sogleich die Türe und ich erblicke sofort Ryan mit dem Jeep. Er lächelt und kommt uns entgegen. „Bruderherz, da bist du ja! – „Hi Katie, schön, Sie wiederzusehen." Er streckt ihr die Hand entgegen und hilft ihr die letzten Stufen hinunter. Ich folge ihr und vernehme, wie sie die Begrüßung sehr freundlich erwidert. Zu freundlich für meinen Geschmack. Ich spüre, wie mich die Eifersucht packt.

„Ryan, schön, dass du uns abholst. Vielen Dank dafür. Ralph, ich danke Ihnen und genießen Sie morgen Ihren freien Tag." Ralph sieht mich etwas verdutzt an, erkennt aber an meinem stechenden Blick, was Sache ist. „Ja Sir, vielen Dank. Ich fliege gleich wieder zurück. Wenn Sie mich dann wieder brauchen, stehe ich zur Verfügung." „Danke Ralph, das weiß ich zu schätzen." Plötzlich dreht sich Katie um und verabschiedet sich von Ralph. „Danke für den angenehmen und sicheren Flug. Kommen Sie gut nach Hause, Ralph. Bis bald." „Sehr gern, Madam." Ich bin immer wieder erstaunt über sie. Sie ist wirklich zu jedem freundlich und herzlich. Auch das ist in meinen bisherigen Kreisen nicht unbedingt üblich. „Das Gepäck ist im Wagen, also dann, reiten wir los. Wir wollen ja schließlich heute alle mal ins Bett, oder?" Ryan grinst mich so was von blöd an, dass ich ihm am liebsten eine reinhauen würde. Ich unterlasse es jedoch. Na, wart's ab, Freundchen. Das bekommst du noch zurück.

Während der Fahrt schweigen wir alle drei. Ich stelle fest, dass hier wirklich schon wesentlich mehr Schnee liegt als bei uns in Vancouver. Die Temperaturen sind ebenfalls schon weiter unten. Das Thermostat zeigt minus 15 Grad. Ryan und mir macht das nicht besonders viel aus. Wir Gestaltwandler sind extrem warm. Wir haben eine konstante Körpertemperatur von 39 Grad und frieren nicht schnell. Das sind die Gene der Tiere in uns. Bei Katie sieht das im Moment noch anders aus. Um alle

Vorteile eines Gestaltwandlers zu aktivieren, muss man sich erst einmal verwandelt haben, und zwar in alle Tiere, die möglich sind. Das sind in unserem Rudel drei verschiedene Arten. Daher bin ich nicht verwundert, dass ich vernehme, wie sie auf der Rücksitzbank zittert. Auch ist sie nicht besonders warm angezogen. Aber wir sind ja gleich da und ich gehe davon aus, dass Ryan die Hütte schon eingeheizt hat.

Katie

Ich friere jetzt schon hier im Wagen. Minus 15 Grad! Darauf war ich jetzt nicht wirklich vorbereitet. Jeans, Pullover, Sneakers und Wollmantel waren für mich normalerweise die perfekte Reisegarderobe. Jetzt würde ich mir eine Daunenjacke, einen Schal, Handschuhe und Moon Boots wünschen. Ich hoffe sehr, wo immer ich auch landen werde, dass es dort warm ist und dass dort vielleicht auch eine Badewanne vorhanden ist. Wir fahren durch den Schnee. Sehr viel Schnee. Die Straße ist freigeräumt, aber links und rechts säumen schon kleine Schneeberge den Weg. Die Bäume und Sträucher sind stark bedeckt und es fängt auch schon wieder leicht an zu schneien. Es gibt fast keine Straßenbeleuchtung und trotzdem sehe ich die Gegend erstaunlich gut und scharf. Anscheinend werden nicht nur meine Ohren immer besser, sondern auch meine Augen.

Als wir den Hügel überqueren, sehe ich schon die Ferienanlage. Mehrere sehr hübsche und edle Blockhütten mit großem Abstand dazwischen liegen direkt vor uns. Jede verfügt über einen kleinen gemütlichen Vorplatz mit Sitzmöglichkeiten und Feuerstelle. Für genügend Privatsphäre sorgen keine Zäune, sondern schöne, immergrüne Hecken. Auch diese sind schon schneebedeckt, ebenso wie die Dächer. Alles wirkt wie ein romantisches Wintermärchen. Wir fahren bis zur allerletzten Hütte ganz hinten. Diese befindet sich in einem wesentlich größeren Abstand zu den anderen Hütten als die anderen zueinander. Fast schon abseits. Dahinter erstreckt sich ein wunderschöner dichter Mischwald. Aus dem Kamin raucht es und jetzt erst entdecke ich die Veranda. Diese ist bereits mit einer hübschen Lichterkette geschmückt und das Innere ist dezent erleuchtet. Es wirkt schon ein klein wenig kitschig. Aber mir gefällt es.

„So, wir sind da. Jetzt lade ich euch noch das Gepäck aus und dann düse ich nach Hause." Ryan ist schon am Aussteigen und öffnet den Kofferraum. „Sie wohnen nicht hier im Dorf?", schaue ich ihn fragend an. „Nein, ich wohne am anderen Ende des Waldes in Richtung unseres kleinen Städtchens. Hier wohnt noch niemand außer …" „… außer meiner Hütte ist noch keine fertig", unterbricht John Ryan unwirsch, bevor dieser noch mehr hinausposaunen kann, was jetzt völlig fehl am Platz wäre, wie es scheint. „Los, Katie, lass uns reingehen, bevor du noch hier festfrierst", beeilt er sich zu sagen. „Ja okay, danke fürs Fahren, Ryan." Schnell folge ich John ins Haus. Es ist definitiv zu kalt, um zu denken. Ich muss dringend ins Warme.

Wir betreten das Haus und sofort strömt mir eine wohlige Wärme entgegen. Ich bin ganz überrascht über die Einrichtung. Ich befinde mich in einem kleinen Flur, wo ich als Erstes meine feuchten Schuhe und meinen Mantel ausziehe, der mir gleich von John abgenommen wird. Dann betrete ich das Wohnzimmer. Sehr gemütlich. Ein schickes Chalet auf höchstem Niveau. Der Kamin lodert wie in einem Werbeprospekt. Linker Hand befindet sich eine perfekt eingerichtete offene Wohnküche. „Katie, setz dich erst mal vor den Kamin und wärme dich auf. Ich mache uns derweil einen Tee." „Oh, danke dir. Sehr gern. Darf ich mich noch ein wenig umsehen?" „Ja natürlich."

Ich inspiziere den Rest der Hütte. Das Badezimmer im Chalet ist ebenfalls chic mit viel Holz, Marmor und rustikaler, edler Dekoration ausgestattet und hat eine Badewanne sowie eine Regendusche. Flauschige Handtücher liegen schon bereit. Ich gehe in das letzte Zimmer, in dem sich ein wunderschönes, gemütliches Schlafzimmer befindet. Ein großes Kingsizebett, ebenfalls ein kleiner Kamin, Kommode, Kleiderschrank und in der Ecke ein Ohrensessel. Alles sehr einladend und gemütlich. Ich mache mich auf den Weg zurück ins Wohnzimmer und lasse mich auf die große Couch fallen. Ich schließe die Augen und genieße die Wärme. Plötzlich schrecke ich hoch. Mein Gehirn ist anscheinend aufgetaut und fängt wieder an zu arbeiten. Hier gibt es nur **ein** Schlafzimmer, **ein** Bett und **eine** fertige Hütte. Aber **zwei** Bewohner und keine anderen Menschen. Angst macht sich in mir breit. Worauf läuft das hier hinaus?

John

Während Katie die Hütte inspiziert, bereite ich Tee für uns zu und überlege mir fieberhaft meine nächsten Schritte und Argumente. Bis jetzt kam ihr noch nichts merkwürdig vor. Nicht mal Ryans hirnlose Bemerkung. Ehrlich gesagt fällt mir immer noch nichts ein und ich hoffe, ich habe noch ein wenig Zeit, um mir eine Erklärung zu überlegen. Doch als ich mich mit den Tassen in der Hand umdrehe, sehe ich Katie aufrecht und mit verschrecktem Blick in meine Richtung schauen und weiß, dass meine Zeit zum Überlegen um ist. Mist aber auch! Ich schnappe mir den Tee und mache mich auf den Weg zu ihr.

„Katie, alles okay?", frage ich ziemlich doof. „Ähm, ja, also, ich hab da mal eine Frage. Wo genau schlafe ich?" „Na, im Schlafzimmer, wo sonst?" Sehr geistreich, John. „Okay, und wo genau schläfst du?" „Ja, also, eigentlich ebenso im Schlafzimmer. Ich weiß, ich hätte dich vorwarnen müssen. Bis jetzt ist nur meine Hütte hier fertig und sie ist natürlich auf eine Person ausgelegt. Die anderen Hütten befinden sich noch in der Fertigstellung und das hiesige Hotel ist einfach zu weit weg. Ich dachte mir, unter erwachsenen Menschen ist das doch nicht wirklich ein Problem, oder?" Ihre weit aufgerissenen Augen signalisieren mir, dass ich da wohl noch besser argumentieren muss. „Es ist ja ein riesiges Bett und wir können da sicherlich ohne irgendwelche Berührungspunkte schlafen. Ich habe nicht vor, dir zu nahe zu kommen." Autsch, das war jetzt, glaub ich, auch nicht so das Gelbe vom Ei. Sie sieht mich an mit einer Mischung aus Entsetzen und ... ja was? Ich bilde mir Enttäuschung ein. Sie fängt sich aber, lächelt und sagt dann zu meinem Erstaunen: „Ja okay, gut, das kriegen wir hin. Wir sind ja rein beruflich hier."

Wir trinken noch zusammen unseren Tee und Katie begutachtet die Einrichtung und genießt die Wärme. Ich lasse ihr den Vortritt im Bad und als ich danach ins Schlafzimmer gehe, liegt sie bereits auf der rechten Seite im Flanellnachthemd mit der Decke bis zum Kinn und macht sich so klein am Rand, dass ich schon befürchte, sie fällt gleich aus dem Bett. Ich lege mich in Boxershorts daneben und versuche ebenfalls, mich auf die linke Seite zu quetschen. Als ich die Nachttischlampe ausschalte, erfüllt absolute Dunkelheit den Raum. Man hört nur noch das leise Knistern des letzten glühenden Holzes aus dem Ofen im Wohnzimmer. Hier gibt es keinerlei Geräusche und Lichtquellen, so wie in Vancouver. Nur bei Vollmond erhellt sich der Raum ein wenig.

„Ist es hier immer so still und so dunkel?" Ich bemerke das leichte Zittern in Katies Stimme. „Ja. Da wir vom Wald umgeben sind und heute auch kein Vollmond ist. Hast du Angst?" „Es ist nur sehr ungewohnt." „Hab keine Angst, ich pass auf dich auf. Gute Nacht, Katie." „Gute Nacht, John."

Ich höre, wie sie unregelmäßig atmet, und nehme unter der Bettdecke ihre Hand in meine. Sie zieht sie nicht zurück, sondern schließt ihre Finger kräftig um meine. Die Atmung wird regelmäßiger und auch mir fallen langsam die Augen zu.

Ich denke, ich habe vielleicht gerade mal zwei Stunden geschlafen, als ich von Katies Schrei unsanft aus dem Schlaf gerissen werde. Sie schreit, ruft um Hilfe, zappelt wie wild geworden im Bett, wirft sich hin und her. „Schhhh." Ich greife nach ihren Armen und versuche sie mit meinem Körpergewicht wieder auf die Matratze zu drücken. Sie wehrt sich und schreit immer noch. „Katie, ich bin's, John, wach auf."

Ihre Bewegungen werden ruhiger, aber ich traue mich nicht, ihre Arme loszulassen. Ich ersticke ihren nächsten Aufschrei instinktiv mit einem Kuss. Prompt wird sie ruhiger, erwidert den Kuss und fängt an, ihre Arme um mich zu legen. Unsere Zungen finden den gleichen Rhythmus und der Kuss wird mehr und mehr leidenschaftlich. Ihre Hände wandern meinen Rücken entlang und auch ich beginne ihren Körper mit meinen Händen zu erforschen. Ich gleite unter ihr Flanellhemd und spiele mit ihren Brustwarzen, was ihr ein Stöhnen entlockt. Mir wird zunehmend heißer, lange werde ich meine Erregung nicht mehr im Zaum halten können. Ich knöpfe ihr Hemd mit einer Hand auf und mit der zweiten wandere ich in Richtung Slip. Wieder steigt ein Stöhnen aus ihrer Kehle und auch sie begibt sich mit ihren Händen auf die Suche nach meinem besten Stück. Immer wieder sage ich mir: „Stopp das Ganze, John!" Aber ich kann einfach nicht. Zu süß schmecken ihre Lippen, zu aufreizend sind ihre Bewegungen und ihre Hände und zu sehr begehre ich diese Frau, schon seit ich sie in meinem Büro sitzen hatte. Lustvoll drückt sie ihr Becken gegen meines und ich reiße ihr förmlich den Slip vom Körper. Sie schiebt meine Boxershorts beiseite und schon in diesem Moment versenke ich mich in ihr. Diesmal stöhnen wir beide vor Lust und treiben uns gegenseitig in einem sehr schnellen Rhythmus Richtung Höhepunkt. So intensiven und gefühlvollen Sex habe ich ehrlich gesagt zum ersten Mal in meinem Leben. Aber noch eine viel größere Erfüllung als mein eigener Orgasmus ist für mich der Genuss, den ich Katie verschaffe. Sie genießt spürbar jede Sekunde und wir beiden kommen zur gleichen Zeit mit einem lauten Stöhnen. Eng umschlungen und verschwitzt bleiben wir beide erschöpft liegen und fallen genau so wieder in unseren nötigen Schlaf.

Katie

Ich erwache eng umschlungen mit John. Die ersten Sonnenstrahlen scheinen direkt ins Schlafzimmer und haben mich geweckt. Es ist absolut still. Ich höre nur Johns gleichmäßiges Atmen. Oh mein Gott! Was war das gestern Abend? Ist das wirklich passiert? Ich habe gleich am ersten Abend meiner ersten Geschäftsreise Sex mit meinem Boss?! Na, das hast du ja wieder super gemacht, Katie! Also nicht, dass ich es nicht genossen hätte, ich weiß nur nicht mehr wirklich, wie genau es dazu gekommen ist. Ich wurde von seinem leidenschaftlichen Kuss geweckt und ich habe eine solche Wärme, Zärtlichkeit und Erregung verspürt, dass ich über nichts mehr nachgedacht habe, sondern instinktiv mitgemacht habe. Was soll ich sagen? Ich glaube, das letzte Mal, als ich mit einem Mann oder besser jungen Kerl Sex hatte, da war ich 23. Und der war nicht mal ansatzweise so gut wie das, was ich letzte Nacht erlebt habe. Ich glaube, so guten Sex habe ich noch nie erlebt. Er hatte fast etwas Animalisches, war aber trotzdem sanft und liebevoll. Meine Gedanken sind total durcheinander. Was passiert jetzt? War das Absicht von ihm? Werde ich jetzt gefeuert? Oder war das nur ein One-Night-Stand?

Ich versuche, mich vorsichtig, ohne ihn zu wecken, von ihm zu lösen. Dabei entfährt ihm ein leichtes Knurren. Hört sich an wie ein Wolf. Ich muss innerlich lächeln. Leise und auf Zehenspitzen schnappe ich mir mein Flanellhemd und meinen Slip vom Boden und schleiche ins Bad. Ich dusche kurz, putze mir die Zähne, wasche mein Gesicht, creme es ein und binde meine Haare zu einem Pferdeschwanz. Ich will gerade in meinen Slip schlüpfen, da bemerke ich, dass dieser zerrissen ist. Sieht aus, als hätte eine Pranke mit Krallen ihn zerfetzt. Okay, war wohl doch wilder, als ich dachte oder in Erinnerung habe. Ich ziehe das Flanellhemd an und hole mir aus meinem Koffer einen neuen Slip und meine Jogginghose. John schläft immer noch. Merkwürdig. Sonst denke ich immer, der Typ schläft gar nie.

Ich schleiche in die Küche und entdecke eine supermoderne Kaffeemaschine. Ich schalte sie ein und suche Kaffeetassen. Ein Blick in den Kühlschrank nach Milch lässt mich über die Auswahl der Lebensmittel staunen. John hat wirklich für alles gesorgt. Milch, Obst und Gemüse, Eier, Fleisch, Käse. Einfach alles da, was das Herz begehrt. Kurzerhand entscheide ich mich, Frühstück für John und mich zuzubereiten. Ich mache Pancakes mit Heidelbeeren. Die Küche ist vollumfänglich ausgestattet. Hier könnte sofort ein Viersternekoch loslegen. Na, besonders viel kann ich zwar nicht kochen, wir hatten ja früher immer Personal. Aber in den Jahren allein habe ich das ein oder andere Gericht ausprobiert. Von meinem Gehalt war Essengehen nicht so oft drin, eigentlich gar nicht. Bei meinem jetzigen beziehungsweise zukünftigen Job, falls ich ihn nach der letzten Nacht denn noch haben sollte, werde ich mir das wieder öfter gönnen können.

Ein wenig Panik macht sich bei dem Gedanken breit, es könnte jetzt nach gestern alles vorbei sein, bevor es überhaupt richtig angefangen hat. Ich verdränge diesen Gedanken und stelle die fertigen Heidelbeer-Pancakes und zwei gefüllte Kaffeebecher auf den Tisch. Genau in diesem Moment beschleicht mich wieder dieses Gefühl, beobachtet zu werden. Ich sehe zum Fenster hinaus und kann sehr weit weg hinten im Wald leichte Umrisse eines Hundes erkennen. Als wenn er Witterung aufnehmen möchte, hält er meinem Blick stand, streckt seine Nase in die Luft und schnuppert. Plötzlich nehme ich ein leichtes Knurren hinter mir wahr und der Hund verschwindet urplötzlich im Dickicht. Ich drehe mich um und da steht John in seinen Boxershorts. Ein Bild von einem Mann! Er lächelt mich an, dass mir die Knie weich werden.

John

So lange, tief und fest habe ich die letzten fünf Jahre nicht mehr geschlafen. Seit dem Tag, als Katie mit ihrer Bewerbung in meiner Firma stand und um einen Job gebettelt hat. Seitdem ich wusste, sie ist allein und schutzlos in dieser Welt. Das Klappern von Geschirr in der Küche hat mich geweckt. Wobei sie wirklich extrem leise war. Das Gestaltwandlergehör halt. Das weiß sie ja nicht. Als ich sie dann erblickte, wie sie am gedeckten Tisch stand, nahm ich sofort die Witterung eines Wolfes wahr. Schon bevor ich sah, dass Katie den Wolf beobachtet. Mir entfuhr ganz instinktiv ein Knurren. Es war ja Ryan und keiner von dem Feindesclan. Er hat die Umgebung bewacht und ist Patrouille gelaufen, um zu erkunden, ob irgendwer in der Gegend ist, der hier nicht hingehört. Er kann mein Knurren auch dann hören, wenn es kein anderer hört. Wir sind telepathisch miteinander verbunden. Mein bester Freund, mein Bruder im Rudel. Ich liebe ihn einfach, wir würden füreinander sterben. Aber meine Katie anglotzen, das geht gar nicht. Leider hatte ich nicht bedacht, dass das Knurren für sie hörbar war. Na dann.

Sie fährt herum und sieht mich mit großen Augen an. Mir fällt gerade nichts anderes ein, als einfach nur zu lächeln. „Guten Morgen, Katie." „Guten Morgen, John." „Hast du gut geschlafen? – Oh wow, hier riecht es ja lecker, und der Kaffeeduft erst, mhmm!" Super! Fällt dir eigentlich noch mehr dummer Small Talk ein, John? Ich könnte mich glatt ohrfeigen. Katie steht immer noch da und schaut mich fragend an. Sagt aber keinen Ton. Sie hält mir nur den Kaffeebecher hin, den ich kopfnickend entgegennehme. Schweigend setzen wir uns hin und ich nehme mir einen Pancake zu meinem Kaffee.

Nach schier endlosen Minuten des Schweigens bricht Katie die Stille. „Also John, wo und wie legen wir heute mit dem Werbeprojekt los?" Erstaunt über die berufliche Frage nach letzter Nacht und dem gerade Geschehenen antworte ich so professionell wie möglich: „Ich denke, nach dem Frühstück zeige ich dir das ganze Hüttendorf und auch die kleine Stadt hinter dem Wald. Wir sollten die Kamera mitnehmen für Fotos und du machst dir Bilder und Notizen von allem. Danach erkläre ich dir noch, wie das fertige Resort aussehen soll und was für Kunden ich mir hier vorstellen kann. Es werden auch noch einige Ausflugsziele und Events stattfinden in der Hochsaison." Ich nehme einen Bissen von dem leckeren Pancake und einen Schluck Kaffee und warte auf ihre Reaktion. „Das klingt gut. So machen wir es. – Ich hoffe, es schmeckt dir. Ich bin keine besonders gute Köchin." „Es ist hervorragend und vielen Dank dafür. Du hättest dir keine Arbeit machen müssen, ich sehe dich als meinen Gast." Sie lächelt und wird ein kleines bisschen rot. Richtig süß. Ich muss lächeln. „Warum lächelst du?", fragt sie mich. Ich will eigentlich was Sinnvolles und Überlegtes sagen, aber leider ist mein Gehirn gerade im Pause-Modus. „Na, ich hatte eine wundervolle Nacht mit einer wundervollen Frau und bekomme von ihr auch noch ein leckeres Frühstück serviert. Was will der Mensch mehr?" Ich erschrecke gerade selbst angesichts des Bullshits, der mir hier gerade aus dem Maul purzelt. Erstaunt schaut sie mir direkt in die Augen und Gott sei Dank, sie lächelt. „Schön, dass du es so siehst. Ich hatte heute schon ein wenig Angst, was jetzt zwischen uns ist oder ob die letzte Nacht irgendwelche negativen Konsequenzen für mich hat. Eine Kündigung zum Beispiel. Also sind wir noch, na … Boss und Sekretärin? Vergessen wir das gestern?"

Oh Gott, so weit hab ich gar nicht gedacht, dass sie sich derartige Gedanken machen könnte. Aber vergessen? Sicher nicht. Das wäre alles andere als zielführend. „Katie, die letzte Nacht war zugegeben etwas spontan. Aber wundervoll. Und ich möchte nichts vergessen. Im Gegenteil, ich möchte dich näher kennenlernen und bin nicht an einer nur einmaligen Sache interessiert. Vorausgesetzt natürlich, du hast auch Interesse an mir." So, jetzt ist es raus. Es bringt ja nix, um den heißen Brei zu reden. Da verlieren wir nur wertvolle Zeit. Sie muss meine Gefährtin werden und so bald wie möglich in ihr Geheimnis eingeweiht werden, damit sie außer Gefahr ist und wir eine gemeinsame

Zukunft haben. Nur, wie ich das alles einfädle, ohne sie zu verletzen oder zu verlieren, ist mir noch unklar. Vor allem weil uns die Zeit davonläuft.

Katie

In meinem Bauch fliegen gerade Hunderte von Schmetterlingen! Er will es nicht vergessen und mich näher kennenlernen. Ich bin überglücklich. Meine Befürchtung, es wäre nur ein zufälliger One-Night-Stand oder halt gerade eine günstige Gelegenheit, war also umsonst. Natürlich will ich ihn auch näher kennenlernen. Nichts würde mich glücklicher machen. Er fasziniert mich schon seit einiger Zeit, aber nie im Leben hätte ich ein Interesse seinerseits für möglich gehalten. Gerade da ich ja als Empfangsdame auch die weibliche Begleitung des Chefs öfter zu Gesicht bekommen habe. Und diese Damen waren nun mal ein anderes Kaliber. „Okay, ja gern. Ich würde dich auch gern näher kennenlernen und fand es auch wundervoll gestern. Nur überraschend. Ich bin gerade ein wenig überfordert. Ich hatte mein letztes Date dieser Art mit 23. Seither bin ich alleine. Ich weiß, das ist sehr merkwürdig, aber ...!" Meine Stimme bricht und Tränen laufen mir übers Gesicht. Jetzt ist es wirklich schon über fünf Jahre her, aber ich kann nun mal nicht über den Tod meiner Eltern und die damit verbundene Einsamkeit der letzten fünf Jahre sprechen.

John steht auf und zieht mich in seine Arme. „Schhhh. Beruhige dich. Es wird alles gut, Baby. Ich bin da und passe auf dich auf. Ich lasse dich nicht alleine." Er wiegt mich schon fast und die Berührung und seine Worte beruhigen mich sofort und tun mir unendlich gut. Ich erwidere seine Umarmung dankbar und fühle mich so sicher und geborgen wie schon lange nicht mehr. Trotzdem löse ich mich aus seiner Umarmung, denn ich verspüre jetzt den Drang nach frischer Luft, Natur und Arbeit. Ich möchte jetzt keine unangenehmen persönlichen Gespräche führen, die den Zauber, der gerade zwischen uns herrscht, zerstören könnten. „Ich danke dir. Aber bitte lass uns jetzt loslegen und später reden. Okay?" „Okay. Dann zieh dir warme Klamotten an. Wir haben heute minus 20 Grad und Sonnenschein. Wir werden viel draußen sein."

Ich verschwinde noch mal ins Bad und hole mir alles an extrawarmer und megadicker Kleidung aus meinem Koffer, in der Hoffnung, es möge ausreichen, um nicht zu frieren. John zieht sich gerade noch im Schlafzimmer um, als ich wie ein Michelin-Männchen aus dem Badezimmer komme, um im Flur meine dicken Moon Boots anzuziehen. Mütze, Schal und Handschuhe und ich bin fertig eingepackt. Und erstaunt, als ich John sehe. Während ich aussehe, als breche ich auf eine Expedition in die Antarktis auf, trägt er Jeans, Boots, Flanellhemd und eine nicht besonders dicke Daunenjacke. „Frierst du nicht??", frage ich erstaunt. „Äh, nein, ich habe einen besonders guten Wärmehaushalt und friere nicht schnell." Hm, so was hab ich noch nie gehört. Aber okay. Wenn ich so drüber nachdenke, ist mir schon aufgefallen, dass John immer sehr warme Hände hat. Und auch gestern Nacht hat es sich angefühlt, als würde ich mit einer Heizdecke schlafen. Wenn ich es mir so überlege, ist er generell immer luftiger angezogen, als es zur Temperatur passt, auch in Vancouver. Hier ist es jedoch noch um einiges kälter, aber es ist schließlich schon fast Ende November. Die Weihnachtszeit steht vor der Tür. Eine Zeit, die ich früher sehr geliebt habe. Seit dem Tod meiner Eltern habe ich sie allerdings ignoriert.

„Können wir los?", reißt mich John aus meinen trüben Gedanken. „Ja klar, ich bin so weit", antworte ich und wir öffnen die schwere Holztür und treten auf die wunderschöne Holzveranda hinaus in die Kälte der Rocky Mountains.

John

So niedlich. Sie sieht aus wie ein kleiner bunter Marshmallow. Total eingepackt. Ich glaube, sie hat alles aus dem Koffer auf einmal angezogen vor lauter Angst zu frieren. Für mich unvorstellbar, bei meiner Körpertemperatur. Ich hab eh schon mehr an als sonst, damit es nicht zu sehr auffällt. Irgendwann werde ich jetzt aber mal die Möglichkeit finden und nutzen müssen, auf die eigentlichen Themen zu sprechen zu kommen. Aber da fällt es jetzt sogar mir schwer, die richtigen Worte zu finden. Wie soll man denn bitte schön jemandem erklären: „Hey du, ich wollte dir nur sagen, deine Eltern haben dich angelogen, du bist gar kein Menschenkind, sondern ein Gestaltwandler, und zwar ein ganz besonderer. Und deine Aufgabe und Pflicht ist es, mit mir Nachkommen zu zeugen, um unsere Art zu retten. Außerdem sind grad jede Menge anderer Gestaltwandler hinter dir her, um dich zu entführen und für ihre Zwecke zu nutzen. Weil du laut einer Sage die Auserwählte bist, die für mich bestimmt ist, und sie wollen dich für sich haben, um ihre Art zu verbessern beziehungsweise um eine Kreuzung der Gestaltwandler zu erzielen. Denn du kannst dich noch nicht verwandeln und weißt auch nichts darüber. Deshalb bist du gerade das gefundene Fressen für alle Clans. Na, klingt doch super, oder?"

Ich hab echt keine Ahnung, wie ich das hinkriegen soll. Aber egal, kommt Zeit, kommt Rat. Jetzt werde ich erst mal versuchen, ihre Aufmerksamkeit auf mich und mein Projekt zu lenken und ihr Vertrauen zu gewinnen. Dann sehen wir weiter. Immerhin sind wir uns in der kurzen Zeit schon nähergekommen, sogar mehr als erwartet. „Komm, ich zeig dir die anderen Blockhütten und dann gehen wir durch den Wald ins nahe gelegene Dorf."

Sie folgt mir mit einem Lächeln und ich beginne zu erzählen, über die Größe der Hütten und über die verschiedensten Einrichtungen mit Saunen, Whirlpool, Kamin und Grill auf der Veranda; für wie viele Personen die jeweiligen Hütten gedacht sind und, und, und. Ich rede und rede. Katie macht fleißig Notizen und zückt immer zur rechten Zeit ihre Kamera, um Fotos für den Prospekt und die Website zu machen. Wir verbringen fast zwei Stunden hier im Hüttendorf und schauen uns jede einzeln an. Sie hört mir aufmerksam zu und fragt auch immer mal nach gewissen Details für ihre Notizen. Mir gefällt die Art, mit ihr zu arbeiten. Sie versteht es, aus meinen Erzählungen die richtigen Schlüsse zu ziehen, und ergänzt teilweise automatisch meine Sätze. In der Form arbeite ich selten mit anderen. Meist erteile ich Aufgaben. Oder ich delegiere welche. Mir gefällt es jedenfalls. Wirklich. Und zum ersten Mal seit fünf Jahren sehe ich dieses Strahlen bei ihr. Ich habe das Gefühl, sie ist jetzt genau da, wo sie sein will. Ja, sie ist richtig in ihrem Element.

„So, jetzt haben wir jede Hütte besucht und sind das ganze Dorf abgelaufen. Wie wäre es, wenn wir uns jetzt auf den Weg zum richtigen Dorf machen und ich lade dich auf eine heiße Schokolade und ein Stück Kirschcrumble ein?" „Das klingt toll! Ich bin dabei."

Katie

Erst jetzt spürte ich die Kälte in meinen Gliedern, so sehr war ich bis jetzt in die Arbeit vertieft gewesen. Ich liebe es, John zuzuhören bei der Beschreibung seiner Blockhütten und den Plänen und Events für das Dorf, die alle noch auf ihre Umsetzung warten. Dabei kam eine Leidenschaft für dieses Projekt zum Vorschein, die ich nicht von ihm kannte. Wie ein kleiner Junge mit seinem Lieblingsspielzeug strahlte er beim Erzählen und es war schwer, auch mal eine Frage einzuwerfen und ihn zu unterbrechen. Also machte ich mir fleißig Notizen und schoss einige Fotos und notierte mir meine Fragen für später. Die könnte ich auch noch während der Ausarbeitung für den Artikel loswerden. Ich weiß nicht, was hier mit mir geschieht, aber ich fühle mich hier in der Gegend total wohl und frei. Ein Gefühl, als gehörte ich hierher. Mitten in die Rockies. Es fühlt sich nach Heimat an. Oder liegt es an John? In seiner Gegenwart ist alles leicht und ich habe keine Sorgen und Ängste. Als er mich gestern geliebt hat und ich danach in seinen Armen lag, war da nur Ruhe und Frieden. Obwohl es unvorhergesehen geschehen ist und keiner ein Wort sprach, fühlte es sich richtig an. Kein Gefühl von Scham oder Unsicherheit oder etwas dergleichen. Sondern einfach nur echt. Ich befürchte, ich bin auf dem besten Weg, mein Herz an meinen Boss zu verlieren. Meine Mauer um meine eigene Welt bekommt Risse. Und ich bekomme Sehnsucht nach einem anderen Leben. Ein Leben mit ihm und nicht mehr allein.

„Komm, wir bringen kurz deine Sachen zurück in meine Hütte und dann gehen wir los." Wie selbstverständlich nahm er mich an die Hand und wir nahmen den Weg zurück zu unserer Blockhütte. Ich legte kurz die Kamera und meine Notizen auf den Küchentisch und wir gingen gleich weiter. Wieder Hand in Hand, als wäre es das Selbstverständlichste auf der Welt. Kurz vor dem Wald blieb ich wie angewurzelt stehen. Ich traute meinen Augen kaum. John sah mich verwirrt an. „Was ist los, Katie, warum bleibst du stehen?" „Ich kenne diesen Wald. Ich hab von ihm geträumt. Und er hängt als Bild in deinem Büro. Aber ich war noch nie hier und ..." Meine Stimme versagte, weil die Bilder aus den Albträumen wieder hochkamen. Wie ich lief und lief und von irgendwas verfolgt wurde. „Katie, du zitterst ja und bist leichenblass." John nahm mich einfach in den Arm. „Erzähl mir, was du geträumt hast. Wovor hast du solche Angst?"

John

Sie zittert in meinen Armen, und das kommt definitiv nicht von der Kälte. Sie blieb so plötzlich vor dem Wald stehen und wurde käseweiß und begann unkontrolliert zu zittern. Die Aussage, sie kenne den Wald, sie habe davon geträumt und ihn in meinem Bild im Büro wiedererkannt, erschreckte mich. Sie hat recht mit dem Bild. Es ist der Wald. Mein Wald. Das Zuhause von mir und meinem Rudel. Hier haben wir gelernt, uns zu wandeln, zu jagen, zu trainieren und zu überleben. Ich liebe diesen Wald. Er ist meine Heimat. Und er fehlt mir in Vancouver. Jeden einzelnen Tag. Darum laufe ich dort so viel. Wir brauchen Bewegung. Viel Bewegung. Wie die Luft zum Atmen. Wir brauchen unsere Freiheit, die Natur und natürlich auch viel Sex. Wir sind nun mal zum Teil wilde Tiere. Mal mehr, mal weniger. Aber woher kennt Katie meinen Wald? Sie ist nie hier gewesen. Das wüsste ich. Ich vergesse keinen Geruch. Schon gar nicht ihren. Er ging mir sofort unter den Pelz.

So leise, dass ich es mit menschlichem Gehör gar nicht verstanden hätte, beginnt Katie zu flüstern: „Ich hatte jetzt schon mehrmals diese Albträume, auch gestern Nacht, als du mich dann mit deinem Kuss geweckt hast. Es ist dunkel, eigentlich schwarz, doch ich kann alles sehen. Ich renne und renne durch den Wald und habe das Gefühl, verfolgt zu werden. Ich sehe aber niemanden. Und so laufe ich weiter und weiter und immer schneller. Ich spüre etwas hinter mir und höre merkwürdige Geräusche. Ich versuche, noch schneller zu laufen, stolpere aber und knalle unsanft auf dem Boden auf. Ich drehe mich um, um zu erkennen, was oder wer mich verfolgt. Ich habe schreckliche Angst, und immer bevor ich erkennen kann, was es ist, wache ich schweißgebadet von meinem eigenen Schreien auf."

Sie kuschelt sich dicht an mich und ich halte sie so fest ich kann, ohne ihr wehzutun. Das unkontrollierte Zittern ihres Körpers lässt langsam nach und ihr Atem normalisiert sich. Ich lockere meine Umarmung und schiebe sie ein Stück von mir, damit ich ihr in die Augen sehen kann. Ich sehe ihre Angst und ihre Unsicherheit.

„Du denkst sicher, ich spinne", reißt sie mich aus meinen Gedanken. „Nein. Überhaupt nicht. Ich habe heute Nacht erlebt, wie sehr dich der Traum mitnimmt. Aber mach dir keine Sorgen, es ist nur ein Traum und ich bin da und werde dich beschützen." Ich weiß nicht, wen ich mit dieser Aussage mehr beruhigen will. Sie oder mich? „Komm, wir gehen jetzt was essen. Danach sehen wir weiter." Katie nickt und nimmt ganz fest meine Hand, während wir weitergehen.

Ich merke, wie sie die Umgebung ganz genau inspiziert, als würde sie ihren Traumverfolger suchen. Leider kann ich ihr nicht sagen, dass niemand im Wald ist. Denn wie soll ich erklären, dass ich es riechen würde? Stopp, gelogen, ich rieche Ryan. Er kommt uns quasi entgegen, ist aber noch viel zu weit weg, als dass Katie ihn sehen oder hören könnte. Langsam wird sie ruhiger und entspannter. Das möchte ich nicht gefährden. „Ich glaube, ich hab Ryan gehört. Er kommt uns sicher entgegen, um uns abzuholen." Katie sieht mich fragend an. „Was hast du gehört?" Mist! Schalt dein Hirn ein, John!, ärgere ich mich über mich selbst. „Na, dort drüben, hinter dem Baum, da kommt Ryan auf uns zu." Er kann mich hören, also gibt er unbemerkt Gas, um schnell nah an uns heranzukommen. Danke, Ryan! Katie sieht sich um und kann Ryan zwar komischerweise sehr gut erkennen, aber er ist für sie noch zu weit weg, um auch etwas zu hören. Dachte ich. Denn plötzlich vernimmt sie Ryans Schritte im Gras auch.

Katie

Mein Gehör und meine Augen werden immer schärfer und besser, seit ich hier in den Rockies bin. Und das sind nicht mal zwei Tage. Erst habe ich gedacht, ich bilde es mir ein. Aber nach und nach häufen sich merkwürdige Ereignisse. Auch seit wir den Wald betreten haben. Nicht nur erkenne ich alles aus meinen Träumen wieder, sondern ich fühle auch eine innere Zerrissenheit in mir. Irgendetwas will raus, will rennen und brüllen und frei sein. Aber ich kann es mir nicht erklären. Urplötzlich höre ich einen Wolf heulen. Es geht mir durch und durch. Mein Körper spannt sich an, meine Knochen tun schrecklich weh und in meinem Kopf beginnt sich alles zu drehen. Ohne es beeinflussen zu können, gehorchen mir meine Beine nicht mehr. Hätte John nicht so schnell reagiert und mich aufgefangen, wäre ich auf den Boden gekracht.

„Was passiert hier gerade mit mir?" Fragend sehe ich John an. Seine grünen Augen leuchten und ich entdecke eine Spur Panik darin. Mittlerweile ist Ryan bei uns angelangt. Wie durch einen Nebel höre ich die beiden miteinander sprechen. „Was ist los, John, was hat sie?" „Ich hab keine Ahnung, aber irgendetwas hat die Verwandlung in Gang gesetzt." Wieder ein Heulen aus dem Wald. Diesmal sind es mehrere Wölfe. „Herrgott, was ist denn hier los? Warum ist heute das ganze Rudel als Wolf im Wald unterwegs?" John sieht Ryan fragend an. Ryan senkt schuldbewusst den Kopf. „Ich habe vielleicht aus Versehen erwähnt, dass du da bist mit deiner neuen Gefährtin. Gestern Abend, nach ein paar Drinks. Ich glaube, das ist das Begrüßungskomitee für unseren Alpha. Tut mir leid, John."

Wovon reden die beiden da eigentlich? Wenn ich nicht solche Schmerzen hätte, würde ich gerne ein paar Fragen loswerden. Als ich versuche zu sprechen, kommt nur ein komischer Laut aus meiner Kehle und ich erschrecke mich vor mir selbst. Ich starre John an und habe einfach nur schreckliche Angst. Was passiert hier gerade mit mir? Ich sehe, wie John Ryan wütend anfunkelt. „Na super, Bruderherz. Ganz großes Kino. Wir müssen sie jetzt in die Hütte bringen und alles erklären und ihr helfen, das erste Mal die Wandlung durchzuführen. Los, du bist unser Schutz gegen alles und jeden, der uns in die Quere kommt."

John nimmt mich hoch, als wäre ich ein Fliegengewicht. „Hab keine Angst, Baby, alles wird gut. Ich bring dich jetzt nach Hause." Er drückt mir einen Kuss auf die Stirn und rennt mit mir im Arm los. Ryan folgt uns. Beide haben ein Tempo drauf, das unmöglich menschlich sein kann. Ich kann keinen klaren Gedanken mehr fassen. Ich weiß nur, in diesen Armen und bei diesem Mann fühle ich mich sicher und geborgen. Aber kann ich das auch wirklich sein? Schließlich fing alles mit ihm an, anders zu werden.

John

Ohne Zwischenfälle erreichen wir die Blockhütte. Ich lege Katie auf das Sofa vor dem Kamin. Immer noch scheint sie starr vor Schreck und Angst. Ich kann die Panik in ihren Augen sehen und rieche ihre Verwandlung. Beim ersten Mal hat man schreckliche Schmerzen. Der Körper verändert seine komplette Struktur. Später und mit Übung ist es ein Leichtes, in Sekundenschnelle sämtliche Gestalten anzunehmen. Ohne Probleme, ohne Schmerz. Wir wurden aber von klein auf mental und körperlich darauf vorbereitet. Katie nicht. Sie versteht gerade die Welt nicht mehr. Es ist nun an der Zeit, ihr unsere Welt zu erklären. Ich weiß auch nicht, warum ausgerechnet jetzt die Wandlung ganz von allein angestoßen wurde.

„Ryan, koch uns bitte einen Tee und bring mir noch ein paar kalte Waschlappen aus der Küche mit." „Ja, Boss", antwortet Ryan und ist schon auf dem Weg in die Küche. „Katie, bitte bleib jetzt einfach ruhig liegen und hör mir einfach nur zu. Ohne Unterbrechung und ohne Fragen. Die klären wir später. Ich muss dir jetzt einiges erklären und erzählen, was du wahrscheinlich erst mal nicht verstehen und glauben kannst. Aber hör mir bitte aufmerksam zu und vertrau mir. Es ist alles in Ordnung und alles zu deinem Besten." Sie sieht mich mit großen Augen an und nickt. Also los. Fangen wir an, das Leben eines wunderbaren Menschen komplett aus den Angeln zu heben.

„Es gibt vieles auf dieser Welt, was wir nicht kennen und nicht wissen. Versteckte Kreaturen, die unter den Menschen leben. Keine Aliens, sondern Wesen, die es schon länger auf der Welt gibt, als die Menschen es sich überhaupt vorstellen können. Diese Kreaturen sind normalerweise gut und arbeiten für die Menschen. Natürlich gibt es auch dort schwarze Schafe und niedere Beweggründe – wie bei den Menschen auch. Sie sind ja zur Hälfte Mensch. Mit den guten und den schlechten Eigenschaften. Nur sind sie modifiziert."

Ich spreche ohne Punkt und Komma und laufe dabei vor dem Kamin auf und ab. Ich kann ihr nicht mal in die Augen sehen, sonst verliere ich den Mut und die Kontrolle.

„Was ich meine, sind Gestaltwandler, Katie. Das sind Menschen, welche die Gabe haben, sich in ein großartiges Tier zu verwandeln. Also zwei Spezies in einer Person oder auch mehrere, aber dazu später. Fakt ist, es leben verschiedene Clans oder Rudel der Gestaltwandler unter den Menschen, trotzdem aber auch unter sich. Wir tun keinem was zuleide, aber wir haben strenge Regeln und Rituale und Bräuche, an die wir uns seit ewigen Zeiten halten. Wir haben Hierarchien und leisten unseren Beitrag, um die Welt ein wenig besser zu machen. Auch das werde ich dir zu einem späteren Zeitpunkt genauer erklären."

Ich versuche aus den Augenwinkeln zu erkennen, wie es Katie geht. Sie liegt auf dem Sofa, ich sehe, sie hat Schmerzen, aber sie konzentriert sich voll und ganz auf mich und starrt mich an.

„Nun, wenn man bei seinem Rudel aufwächst, wird man körperlich und mental auf das Leben als Gestaltwandler vorbereitet. Man wird auch mit allen Regeln und Gebräuchen vertraut gemacht. Und man vollzieht die erste Wandlung unter Aufsicht und Betreuung seiner Eltern. Es gibt aber auch Gestaltwandler, die ihre Herkunft verdrängen und verleugnen und sich aus dieser Welt komplett in die Welt der Menschen zurückziehen. Solche Aussteiger wollen frei leben, ohne Hierarchien oder Regeln. Natürlich wird das nicht gern gesehen, aber geduldet. Deine Eltern waren solche Gestaltwandler. Sie haben sich in jungen Jahren kennengelernt und gemeinsam beschlossen, ihrem

Rudel den Rücken zu kehren und ihren eigenen Weg zu gehen. Sie haben ihre Familien verlassen, um ihr eigenes Leben zu leben. Sehr erfolgreich, wie du weißt. Nur leider haben sie vergessen, dir die Wahrheit über deine Herkunft und deiner Genetik offenzulegen."

Ryan kommt mit dem Tee und kalten Handtüchern. „Hier, Katie, trink bitte den Tee und leg dir die Tücher auf deine schmerzenden Gelenke. Es wird gleich besser werden." Katie folgt Ryans Anweisungen ohne ein Wort und bedeutet mir, fortzufahren.

„Ich weiß nicht, warum sie es dir nicht erzählt und erklärt haben oder ob sie noch auf den richtigen Zeitpunkt gewartet haben. Auf jeden Fall bist du die Tochter zweier großartiger Gestaltwandler und gehörst zu den wenigen wie wir, Ryan und ich, die sich in verschiedene Arten verwandeln können. Diese Fähigkeit ist sehr besonders, macht uns aber auch zur Zielscheibe anderer Rudel, die sich von uns bedroht und übervorteilt fühlen und uns ausrotten wollen. Katie, es tut mir sehr leid, aber ich möchte dir jetzt die ganze Wahrheit sagen: Deine Eltern sind nicht bei einem Unfall ums Leben gekommen. Es war Mord. Sie wurden von einem anderen Rudel eliminiert. Das war auch der Grund, warum ich dich eingestellt habe: um dich zu beschützen." – So, jetzt ist alles raus, was ich seit fünf Jahren mit mir herumschleppe.

Ich schaue zu Katie. Sie ist blass. Sie zittert und umklammert ihre Teetasse. Aus ihren Augen kullern Tränen. Es bricht mir das Herz, sie so leiden zu sehen. Ryan steht nur da und traut sich nicht, sich zu bewegen. Mit einem Kopfnicken bedeute ich ihm, draußen zu warten. Er folgt meinem Befehl wortlos und lautlos.

Ich setze mich neben Katie und lege meinen Arm um sie. Ganz vorsichtig. Ich habe Angst, sie könnte mich nach all diesen neuen Informationen wegstoßen. Sie stellt die Tasse ab und wirft sich an meine Brust. Sie weint hemmungslos, ihr ganzer Körper bebt vor Schluchzen. Ich halte sie ganz fest, versuche, sie mit „Schhhh" zu beruhigen, und verteile Küsse auf ihre Stirn. Ich spüre, dass ihre Körpertemperatur angestiegen ist. Ich schätze, die liegt jetzt bei etwa 38 Grad. Das bedeutet, es ist bald so weit.

Sie hebt ihren Kopf und sieht mir direkt in die Augen. Ich hatte Angst vor ihrer Reaktion, hatte mit Abneigung gerechnet, aber ich sehe nur Fragen und Zuneigung in ihrem Blick. Da brennen bei mir sämtliche Sicherungen durch und ich küsse sie. Ich kann nicht anders. Ich fühle mich so dermaßen zu ihr hingezogen und musste mich schon den ganzen Tag beherrschen, um nicht über sie herzufallen. Sie erwidert meinen Kuss, zaghaft, aber zärtlich. Unsere Zungen spielen ihr eigenes Spiel und ich merke, wie meine ohnehin schon warme Körpertemperatur ansteigt. Die Leidenschaft wächst und wächst und ich verspüre ein immer größeres Bedürfnis, sie zu lieben. Unser Kuss wird zunehmend wilder und intensiver und ich spüre, wie ich an die Grenzen meiner Selbstbeherrschung gelange.

Auch Katies Temperatur steigt weiter, ich kann ihre Erregung spüren und riechen. Meine Hände wandern unter ihren Pullover und ich streichle ihre nackte Haut. Ein Stöhnen dringt aus ihrer Kehle und auch sie beginnt unter meinem Flanellhemd meine Haut zu liebkosen. Ihre Hände wandern in Richtung meines Gürtels und es fällt mir schwer, mich auf irgendetwas zu konzentrieren. Unsere Bewegungen und Küsse werden immer wilder und leidenschaftlicher, ich habe meine Schmerzgrenze erreicht. Ich reiße ihr förmlich die Klamotten vom Leib, gefolgt von meinen eigenen. Mit einem Schwung hebe ich sie vom Sofa und trage sie nackt hinüber ins Schlafzimmer.

Normalerweise bin ich schon sehr darauf bedacht, auf meine Partnerinnen Rücksicht zu nehmen und liebevoll zu sein. Aber in diesem Fall übernimmt mein animalischer Teil die Führung. Ohne weitere Umschweife nehme ich sie mir. Wir lieben uns wild und leidenschaftlich. Und obwohl mir durchaus bewusst ist, dass Ryan da draußen alles mithören kann, geht es mir jetzt einfach nur darum, sie zu befriedigen und ihr einen fantastischen Höhepunkt zu bescheren. Im Gegensatz zu gestern kommt heute auch Katies animalischer Anteil zum Vorschein. Sie macht aus ihrer Leidenschaft ebenfalls keinen Hehl. Sie krallt sich in meinen Rücken, beißt in meinen Hals und stößt einen lauten Schrei aus, als wir beide gemeinsam ins Nichts fallen. Erschöpft und schweißgebadet, aber glücklich rolle ich mich von ihr herunter und sie kuschelt sich sofort in meinen Arm. Ich fühle mich angekommen. Noch nie hatte ich mit einer Frau so erfüllende Momente und noch nie solch tiefe Gefühle.

Katie

Eigentlich müsste ich total geschockt und fertig mit der Welt sein. John hat in einer Kurzfassung mein komplettes Leben auf den Kopf gestellt. Nichts ist, wie es schien. Und dass meine Eltern ermordet wurden, traf mich wie ein Schlag in die Magengrube. Erstaunlicherweise waren alle anderen Dinge, die er mir erzählt hat, zwar surreal, aber irgendwie logisch und verständlich. Mein Freiheitsdrang, meine Liebe zum Laufen, mein Gefühl, nirgends dazuzugehören, und natürlich meine Unschlüssigkeit bezüglich meiner Zukunft. Das ergibt jetzt für mich alles einen Sinn. Der Teil mit dem Wandeln ist mir allerdings noch unheimlich und unglaubhaft. Ein Tier in mir?! Oder gleich mehrere?

Trotz der unglücklichen Ereignisse und Erkenntnisse des heutigen Tages konnte ich mich Johns Anziehungskraft nicht entziehen. Schon der erste Kuss löste ein Feuer in mir aus, das nur er löschen kann. Noch nie habe ich beim Sex solche Gefühle und Empfindungen gehabt wie mit ihm. Es fühlt sich an, als hätte mein Körper sein ganzes Leben nur auf diesen einen Mann gewartet. Ich möchte so viel fragen und wissen. Also werde ich nun versuchen, meine Stimme zu benutzen. Und siehe da, ich kann wieder sprechen!

„John?" „Ja, mein Engel?" „Wie geht es nun weiter? Was passiert jetzt und was ist das mit diesen Wölfen und Tieren?" „Bist du sicher, dass du schon die nächsten Schritte gehen willst? Hast du keine Zweifel oder Angst? Das ist ja schon ganz schön viel an Information gewesen, die alles andere als alltäglich ist." „Ja … nein. Also, ich komm damit schon klar. Ja, ich will weitermachen. Mein Körper soll wieder nach meinen Regeln spielen und kein Eigenleben führen. Ich schaffe das schon." „Also gut. Als Erstes müssen wir deine erste Wandlung vorantreiben und dann müssen wir dir zeigen, wie du damit am besten zurechtkommst. Und außerdem wartet dein Rudel darauf, dich kennenzulernen." Plötzlich fällt mir wieder ein, was ich in meinem Nebel wahrgenommen hatte. „Was bedeutet es, deine Gefährtin zu sein, und warum bin ich das?"

John

Mist! Sie hat es gehört. Heute trete ich aber auch von einem Fettnäpfchen ins andere. Wobei ich finde, sie hat den ersten Teil echt sportlich genommen. Ich hatte damit gerechnet, dass sie durchdreht, hysterisch wird, mich zum Teufel jagt und mich für total verrückt erklärt. Stattdessen will sie einfach nur alles wissen und lernen und stellt nichts infrage. Das ist schon sehr beeindruckend.

„Und warum hast du ganze fünf Jahre gebraucht, um dich mit mir zu unterhalten?"

Oje, jetzt sprudeln die Fragen nur so aus ihr heraus. Ich wünschte, ihre Stimme wäre noch ein wenig weg geblieben. Ich fühle mich überfordert.

„Also, zu Punkt Nr. 2: Wir wussten, du bist in nichts eingeweiht und hast dich auch noch nie verwandelt. Daher dachten wir, du wärest sicher und es wäre besser, wir lassen alles so, wie es ist. Sobald du mit anderen Gestaltwandlern in Kontakt kommst, kann es sein, dass du Impulse spürst, die den Beginn der Wandlung auslösen. Daher haben wir uns alle von dir ferngehalten und nur über dich gewacht. Dann erhielten wir die Information, dass andere Clans über dich Bescheid wissen und versuchen werden, dich zu entführen. Ziel war es, dass du dich mit einem Alpha des anderen Rudels vereinst, um unser spezielles Gen in dieses Rudel zu bringen und deren Macht zu vergrößern. Da das nie passieren darf, haben die Ältesten beschlossen, dich in unser Rudel, also in deine Familie zu holen." „Aha. Und hier soll ich nun das Gen mit dir weitertragen, richtig? Das heißt, das hier mit uns war genau geplant und kalkuliert?"

Mir wird gerade schlecht. Das läuft grad echt in die falsche Richtung. Ich merke, wie Katie ganz starr wird und sich aus meiner Umarmung zu befreien versucht. „Du hast also genau geplant, mit mir im Bett zu landen?" Sie flüchtet regelrecht aus dem Bett. Sie ist wieder kurz vor einem Tränenausbruch und ich spüre, wie sich mein Herz zusammenzieht. „Katie ... bitte ... lass es mich erklären ... Ja, ich bin ehrlich zu dir und werde es nicht abstreiten. Es war mein Plan, dich für mich zu gewinnen und dich als Gefährtin an meiner Seite zu haben. Natürlich auch um eine Familie zu gründen und den Weiterbestand unserer Art zu sichern. Aber das hier mit uns ist nicht aus purem Pflichtbewusstsein entstanden. Glaub mir bitte. Ich habe mich vom ersten Moment an in dich verliebt. Es ist mir ernst und du bist mir wichtig. Bitte glaub mir das. So wie du mir bis jetzt alles andere geglaubt hast."

Katie

Ich weiß nicht, ob der Nebel in meinem Kopf von all den Informationen, von meinen Gefühlen oder von dieser Wandlungsscheiße kommt. Ich weiß nur, ich muss raus, ich brauche frische Luft und ich muss rennen, irgendwohin. Jetzt und sofort. Ich schnappe mir meine Jogginghose und mein Flanellhemd und sperre mich im Bad ein, noch ehe John die Gelegenheit hat, mich zu erwischen.

„Katie, mach die Tür auf. Bitte lass uns reden. Sperr mich nicht aus!" Er trommelt so stark gegen die Türe, dass ich Angst habe, sie bricht entzwei. Ich kann und will jetzt nicht reden und auch nicht in seine grünen Augen schauen. Dann bin ich wieder wie ein verblödeter Teenager und kann keinen klaren Gedanken fassen. Ich entdecke ein Fenster. Das ist die Lösung. Ich öffne es und schaue, was sich dahinter zeigt. Weit und breit nichts außer Wald. Ryan ist nicht zu sehen. „Katie, mach jetzt die Tür auf, sonst trete ich sie ein."

Okay, raus, und zwar schnell. Ich klettere so schnell es geht aus dem Fenster und beginne sofort zu laufen. Nein, ich renne. Ich höre ein Krachen hinter mir und John, wie er laut meinen Namen ruft. Aber ich drehe mich nicht um. Ich renne und renne, direkt in den dunklen Wald hinein. Meine Augen passen sich der Dunkelheit an und ich sehe alles extrem scharf und gut. Obwohl ich nur eine Jogginghose und ein Flanellhemd trage, habe ich das Gefühl, innerlich zu verbrennen. Ich höre ein Rascheln neben mir und erspähe einen Hirsch, der sofort Reißaus nimmt. Wolfsgeheule ertönt. Hinter mir nehme ich zwei verschiedene Laufgeräusche was. Schnell, sehr schnell und schneller als ich renne. Mein Traum, er ist Wirklichkeit. Panik macht sich in mir breit. Was ist, wenn das nicht John ist? Oder Ryan? Ist Ryan eigentlich ein Mensch oder ein Gestaltwandler? Ich weiß es nicht. Ich renne und renne und höre sie näher kommen. Was soll ich tun? Hilfe, Hilfe!! Ich merke, wie sich mein Körper anspannt. Schmerzen machen sich bemerkbar. Mein Sichtfeld vergrößert sich. Ich verliere die Kontrolle über meine Beine. Gleich werde ich am Boden aufschlagen. Warum hilft mir denn niemand? Mir wird schwarz vor Augen. Dann wird alles um mich herum dunkel und ruhig.

John

So eine Scheiße! Jetzt türmt sie aus dem Fenster und rennt einfach los in die Nacht hinein. Ryan und ich ihr sofort hinterher. Allerdings in Wolfsgestalt. Damit sind wir schneller und sehen besser. Katie legt eine enorme Geschwindigkeit hin für einen Menschen. Das bedeutet, sie ist kurz davor, sich zu wandeln. Ich rieche ihre Panik und ihre Angst. Dann passiert etwas Unglaubliches: Mitten beim Laufen verwandelt sich ihr Körper. Er entscheidet sich ebenfalls für den Wolf. Ihr Körper kann die Wandlung allerdings noch nicht bewusst verkraften. Es kostet viel Energie und Übung. Der Wolfskörper ist jetzt vollständig und geht bewusstlos zu Boden. In der nächsten Sekunde sind wir bei ihr angekommen. Sie ist wunderschön. Sehr hell, fast weiß, mit grauen Absetzungen. Sie ist als Wolf genauso schön wie als Mensch. Ryan stupst sie als Erster an und ich knurre ihn sofort an und schnappe nach ihm. Finger weg von meinem Weibchen! Er weicht sofort ein paar Schritte zurück. Gut so. Ich stupse sie mit der Schnauze an und lecke ihr über den Kopf. Sie kommt zu sich. Sie hat ihre Augen geöffnet und sieht mich jetzt direkt an. Direkt in mein Wolf-Ich. Ich bin übrigens ein schwarzes Exemplar mit grünen Augen. Sie schaut sich erstaunt um. Er blickt Ryan und dann wieder mich. Etwas unbeholfen versucht sie aufzustehen und schafft es wirklich gut. Wieder stupse ich sie vorsichtig an und diesmal stupst sie mich zurück. Ich werte das jetzt mal als positives Zeichen.

Wolfsgeheul ertönt aus dem Wald. Das Rudel hat die Wandlung gespürt. Wir sind alle telepathisch miteinander verbunden. Das Begrüßungskomitee ist auf dem Weg. Jetzt wird es ernst. Wieder einmal muss ich ohne vorherige Absprache und ohne Erklärung eine Entscheidung über Katie treffen, die ihr ganzes Leben verändern wird. Ohne Vorwarnung beiße ich ihr fest in den Nacken, sie jault auf vor Schmerz. Blut läuft ihr über das weiße Fell. Sie sieht mich entsetzt an und knurrt. Sorry Baby, aber ich musste dich markieren, bevor die anderen kommen und es ein anderer tut und ich dich für immer verliere.

Das Rudel ist angekommen. Eine riesige Horde Wölfe, darunter ein paar kleine Bärenkinder. Alle starren auf uns drei. Es ist still. So still, dass man den Wind in den Blättern der Bäume leicht säuseln hört. Ich als Alpha muss jetzt dringend etwas sagen. Sie warten darauf, dass ihr Anführer ihnen die Situation erklärt, und vor allem, was es mit dem weißen Wolf auf sich hat. Sie kennen nur die Gerüchte und die Legenden. Und sie müssen wissen, dass uns von den anderen Rudeln Gefahr droht. Zumindest so lange, bis sich herumgesprochen hat, dass Katie mir gehört und markiert wurde. Nun gut. Es ist, wie es ist, und Katie muss gemeinsam mit allen anderen alles erfahren, hier und jetzt.

Ich verwandle mich zurück in John und alle tun es mir gleich. Bis auf Katie. Sie sieht mich als wunderschöner Wolf fragend an. „Baby, konzentriere dich. Konzentriere dich ganz stark auf deine Identität als Katie." Sie schließt die Augen und schafft es in einem Ruck wieder ein Mensch zu sein. Ich bin unheimlich stolz auf sie. Sie lernt schnell und setzt alles perfekt um. Ich helfe ihr hoch, sie versucht meinen Arm wegzuschlagen, aber ich bin stärker. Was auch gut ist, denn sie ist noch sehr wackelig auf den Beinen. Also lässt sie zu, dass ich sie im Arm halte, aber ich spüre dennoch, dass es ihr widerstrebt. Verständlich nach all dem, was die letzten Minuten hier alles auf sie eingeströmt ist. Ryan räuspert sich, um mir zu bedeuten, ich solle keine Zeit verlieren und zu sprechen beginnen. Aller Augen sind auf mich gerichtet.

„Liebe Familie, schön, dass ihr alle hier seid. Ich möchte euch das neueste Mitglied unseres Rudels vorstellen. Das hier ist Katie Fuller. Sie ist aus Vancouver und die Tochter von ..." Weiter komme ich nicht. „Ah die verlorene Tochter der Fullers, die sich von uns abgekoppelt haben. Richtig? Eine der wenigen Familien, die das Supergen weitertragen können." Es ist die schneidende Stimme von Myriam, die durch die Luft zu mir herüberweht. Die anderen gehen zur Seite, um ihr Platz zu machen. Würdevoll und hoch erhobenen Hauptes schreitet sie auf uns zu.

„Myriam, schön, dich zu sehen. Und danke für diesen Auftakt."

„Gern geschehen, John. Schön, dich zu sehen. Aber bitte erzähl uns doch allen, was uns jetzt genau erwartet und was deine Pläne sind." Ihre Augen schießen kleine Wutpfeile auf mich, denn Myriam ist nicht dumm. Sie hat wohl sofort gemerkt und gerochen, dass Katie von mir markiert wurde. Das heißt, sie weiß genau, ihr Plan, meine Gefährtin zu werden, ist somit zunichtegemacht worden. Myriam war schon als kleines Mädchen in mich verliebt und hat jedes andere Mädchen, das mir zu nahe kam, fortgebissen, im wahrsten Sinne des Wortes. Später ging sie zu weitaus subtileren Methoden über, um jede Frau in meiner Nähe zu verjagen. Anfangs schmeichelte mir das sehr. Aber je länger es ging und je älter wir wurden, desto mehr erkannte ich ihre boshafte Art und ihre niederen Absichten. Sie wollte einfach nur die Gefährtin des Alphas werden, war machtbesessen, egoistisch und niederträchtig.

„Ja gut, dann komme ich hier und jetzt auf den Punkt. Katie ist meine Gefährtin, meine zukünftige Frau. Sie wurde eingeweiht, markiert und ist sich ihrer Pflichten bewusst. Ihr werdet sie mit eurem Leben beschützen und ihr gehorchen. Jeder von euch. Der Fortbestand unserer speziellen Art muss gesichert sein. Daher steht ihr Schutz vor den anderen Rudeln an oberster Stelle. Sie werden versuchen, sie zu holen. Aber wir sind stärker und gewappnet. Wir ziehen noch heute von der Blockhütte ins Dorf. Bereitet alles vor – und Ryan, stell eine Wache zusammen."

„Na bravo, John! Du machst eine, die bis jetzt nur als Mensch gelebt hat und keine Ahnung von unserer Geschichte und unseren Bräuchen und Regeln hat, zu unserer Alpha?! Nur weil du mit dem Schwanz denkst?"

Myriam wird nicht so schnell aufgeben. Jetzt liegt es an mir, ihr zu zeigen, wer hier der Chef ist. Ohne Vorwarnung verwandle ich mich in meinen Bären, stürme auf sie zu und werfe sie zu Boden. Sie schafft es in der Kürze der Zeit nur, zum Wolf zu werden. Je größer das Tier, desto mehr Energie und Zeit werden benötigt. Ich drücke sie runter und knurre in ihr empfindliches Ohr. Mit meinen Zähnen schnappe ich ihr Nackenfell und demonstriere ihr meine Macht und Position. Sie jault kleinlaut.

Der Rest des Rudels geht auf Distanz, sie sind leicht schockiert. Ich bin normalerweise ein sehr bedachter Alpha, der mehr verbal regiert als Mensch und nicht die Macht der Tiere ausnutzt. Aber Myriam ist zu weit gegangen und Respekt und Gehorsam sind die obersten Gebote in unserem Rudel.

Ich lasse von ihr ab und verwandle mich sofort wieder, um Katie nicht zu sehr zu verschrecken. Sie hat das ganze Szenario bis jetzt schweigend und aufmerksam beobachtet. Ich kann beim besten Willen nicht abschätzen, was in ihr vorgeht.

„So, die Show ist vorbei. Alle zurück zu ihren Posten und Aufgaben. Ihr könnt Katie später begrüßen." Allesamt, sogar Myriam, ziehen sich sofort zurück. Nur Ryan bleibt bei uns. „Katie, alles in Ordnung?"

Katie

Wann genau hat dieser Albtraum angefangen und wie komme ich hier wieder raus? Ich weiß weder, was ich denken soll, noch, was ich fühlen soll. Bis heute Morgen hätte ich noch gesagt, alles läuft prima. Ich mache eine aufregende Geschäftsreise mit meinem noch aufregenderen Boss. Habe den besten Sex meines Lebens und bin bis über beide Ohren verliebt. Ich habe mir schon ausgemalt, dass jetzt endlich alles gut würde in meinem Leben. Und dann passieren plötzlich so unglaubliche Dinge wie in einem schlechten Fantasyfilm.

„Ob alles in Ordnung ist?! Das fragst du mich jetzt ernsthaft? Gerade erst erfahre ich, dass du das hier alles nur geplant hast, um mit mir deine Art zu retten. Ich dachte, da wäre etwas zwischen uns. Ich hab keine Spielchen gespielt mit dir. Ich habe mich in dich verliebt."

Ups, scheiße, hab ich das grad laut gesagt? Ich dreh mich weg, weil ich rot werde, und sehe direkt in Ryans Gesicht. Anscheinend ist ihm auch peinlich, Zeuge dieses doch sehr privaten Gespräches zu sein, denn er wird auch ein wenig rot.

„Katie, lass uns zurückgehen und in Ruhe über alles reden. Bitte! Ich will dir alles erklären und ich werde nichts auslassen, versprochen. Außerdem müssen wir packen und ins Dorf ziehen. Wir sind hier nicht sicher."

Noch bevor ich antworten kann, höre ich, wie Ryan brüllt: „Los, lauft, sie sind da!" Er verwandelt sich sofort in einen braunen Wolf und John tut es ihm gleich. Beide stellen die Nackenhaare auf und knurren und fletschen die Zähne Richtung Wald. Ich höre Johns Stimme in meinem Kopf: „Los, verwandle dich und lauf so schnell du kannst Richtung Dorf! Dort wird man dich beschützen. Wir halten sie so lange wie möglich auf."

Ohne ein weiteres Wort rennen die beiden los und ich kann jetzt auch das andere Rudel Wölfe erkennen. Ich konzentriere mich und verwandle mich ebenso. Ich beginne zu rennen, ohne mich noch einmal umzusehen. Der Fluchtinstinkt hat sofort eingesetzt. Ich renne, was das Zeug hält. Weit hinter mir höre ich einen Kampf toben. John, oh Gott, hoffentlich passiert ihm nichts! Aber ich traue mich nicht anzuhalten. Zu groß ist meine Angst.

Ich erreiche das Dorf. Dorf ist gut. Es ist eine Hammerstadt mit tollen Häusern, Lokalen und Geschäften. Dort stehen schon alle in Tiergestalt bereit, um John und Ryan zu Hilfe zu eilen. Sie lassen mich durch und eine rotbraune, trächtige Wölfin wartet bereits auf mich. Ich folge ihr erschöpft in ein wunderschönes Haus. In der Eingangshalle rutsche ich mit meinen Pfoten auf dem Marmorboden unbeholfen hin und her. Daher werde ich wieder zu Katie, um einen sicheren Stand zu haben. Auch die Wölfin verwandelt sich und ich kann es kaum glauben: Vor mir steht Miranda.

„Miranda!!" Ich falle ihr in die Arme, als wären wir die besten Freundinnen. Dabei sind wir eigentlich nur Arbeitskolleginnen. Zugegeben, Miranda war immer außerordentlich nett zu mir. Ich bin einfach nur froh, ein bekanntes Gesicht zu sehen. Die ganzen Ereignisse überrollen mich in diesem Moment. Ich breche in Tränen aus. Ich schluchze so heftig, dass es mich regelrecht schüttelt. Miranda hält mich ganz fest und streichelt mir über den Kopf. „Schhh, alles ist gut." Sie wiegt mich wie ein Baby hin und her. Gefühlt brauche ich ewig, um mich wieder zu beruhigen.

„Komm Katie, ich mach uns jetzt einen Tee und wir unterhalten uns in Ruhe." „Wie soll ich denn jetzt einen Tee trinken, wenn da draußen John um sein Leben kämpft?" „Katie, hier kämpft niemand um sein Leben. Diese Zeiten sind vorbei. Auch die Gestaltwandler haben sich weiterentwickelt. Es geht, wie bei den Menschen auch, nur um Macht, Respekt und Geld. Es gibt Regeln. An die muss sich jeder halten. Es wird niemand getötet und Frauen und Kinder sind sowieso tabu. Die Männer ziehen ihr Alphading durch und fertig. Verletzungen ja, töten nein. Außerdem ist es theoretisch eh vorbei. John hat dich markiert. Da kann keiner was machen. Außer du entscheidest dich dagegen. Du hast immer noch die Wahl. Ihr habt euch noch nicht vermählt. Er hat nur seinen Voranspruch geltend gemacht. Wenn du ihn nicht willst, dann geh." „Ich hab so viele Fragen, Miranda. Und überhaupt, warum du? Und wie? Und ach, ich weiß gar nicht, wo ich anfangen soll. Ich komme mir benutzt und belogen und betrogen vor. Alles war geplant und ich weiß nicht, wem ich noch trauen kann."

„Also, pass auf. Ich erzähl dir jetzt mal meine Sicht der Dinge, okay? Vielleicht bringt das ein wenig Licht ins Dunkel. – Deine Eltern hatten sich damals vor deiner Geburt entschieden, das Rudel zu verlassen und ein eigenes Leben fernab der Gestaltwandler zu führen. Sie wollten einfach als Menschen leben und dir die Bürde nicht auferlegen, als weiblicher Nachkomme an irgendeinen Alpha zur Fortpflanzung gezwungen zu werden. Sie selbst hatten aus Liebe und nicht aus Bestimmung zusammengefunden, und das haben sie sich auch für dich gewünscht. Sie haben gehofft, wenn du weit genug weg bist, würde sich die Vorsehung nicht erfüllen."

„Welche Vorsehung?"

„Du bist seit Jahren der letzte weibliche Nachkomme in diesem Rudel. Und nur Weibchen können das Gen für die Verwandlung in verschiedene Tiere weitergeben. Das macht diesen Clan hier aus. Natürlich leben mittlerweile unter uns auch Gestaltwandler nur einer Art, weil uns die Weibchen ausgegangen sind. Daher bestand ein enormes Interesse an dir. Deine Eltern haben dich beschützen wollen. Denn jeder Alpha hier im Land hätte versucht, bei dir zu landen. Daher wurdest du von ihnen weggebracht und versteckt. John hat das immer gewusst und respektiert. Erst nach dem Tod deiner Eltern und als du bei ihm in der Firma aufgetaucht bist, hast du sein Interesse geweckt. Aber schon als Mensch, Katie. Ich kenne John seit unserer Geburt. Wir sind zusammen aufgewachsen. Er wollte nicht nur Alpha sein, als sein Vater gestorben ist, er wollte auch seinen Weg in der Menschenwelt gehen. Er hat einen Teil von uns mitgenommen, um Menschen um sich zu haben, die das Geheimnis um ihn kennen und denen er bedingungslos vertrauen kann. Daher arbeiten einige von uns, so wie ich und Ryan, mit John zusammen. Und wir alle haben über dich gewacht seit dem Tod deiner Eltern. Als du dann Hilfe suchend um eine Stelle angefragt hast, war das die beste Möglichkeit, dich bei uns zu haben. John war sofort hin und weg von dir. Er hatte dich ja vorher nie gesehen, sondern nur von dir gehört. Normalerweise hat er jede Woche eine andere oberflächliche Tussi ausgeführt und verführt und dann kam auch schon die nächste. Er hielt nichts von Liebe und Bindung. Als du zu uns in die Firma kamst, gab es keine Frauengeschichten mehr. Er hat nur noch gearbeitet und auf dich aufgepasst. Rund um die Uhr."

„Wie, rund um die Uhr?"

„Hast du nie das Gefühl gehabt, jemand beobachtet dich oder verfolgt dich?"

„Doch manchmal schon, aber ich dachte, ich bilde mir das ein."

„Nein, John war dein Schutzengel, wenn du nachts laufen gegangen bist, wenn du allein unterwegs warst. Er war immer in deiner Nähe. Oftmals hat er auch dafür gesorgt, dass dir kein Typ beziehungsweise Gestaltwandler zu nahe kam. Und wenn er verhindert war, war Ryan oder ich in deiner Nähe. Du warst immer sicher."

„Ja, außer vor John selbst. Miranda, wir haben miteinander geschlafen, ich habe ihm vertraut. Jetzt muss ich verdauen, dass alles Berechnung und genau geplant war, damit ich seine Nachkommen austrage. Wie soll ich denn jemals wissen, was echt ist?"

„Katie, ich finde es erstaunlich, dass es dir hier nur um die Sache mit John geht. Du findest es nicht einmal merkwürdig, selbst ein Gestaltwandler zu sein oder hier mitten unter ihnen zu sein. Findest du das nicht ein wenig seltsam?"

Miranda hat recht. Das schockiert mich allerdings am wenigsten. Warum? Vielleicht wusste ich in meinem Innersten schon immer, dass ich anders bin. Vielleicht bin ich deshalb so ein Einzelgänger geworden. Aber sie hat definitiv recht. Das mit dem Wandeln und den Tierwesen schockt mich grad herzlich wenig. Meine Gefühle sind verletzt und ich bin einfach nur enttäuscht von John. – John, wo bleibt er eigentlich?

„Wo sind denn jetzt alle hin? Wo ist John?"

„Die Männer verteidigen hier unser Zuhause. Die anderen Rudel sind auf der Suche nach dir. Aber wie ich sehe, ist das sowieso umsonst."

„Warum? Was siehst du?"

„John hat dich markiert. Somit darf niemand mehr an dich ran. Du bist jetzt offiziell seine Gefährtin."

„Aber was, wenn ich das nicht will? Ich wurde überhaupt nicht gefragt."

Wut kocht in mir hoch. Das ist ja hier wie im Mittelalter. Ich bin doch kein Eigentum oder lasse mir vorschreiben, mit wem ich verheiratet werde!

„Jetzt beruhige dich doch mal. Das alles hier ist deine Bestimmung. Und du kannst dich mehr als glücklich schätzen, Johns Gefährtin zu sein. Er ist ein wundervoller Mann. Er wird dich auf Händen tragen. Du bist seine Bestimmung und er deine. Und du wirst sehen, alles wird gut. Und wie bereits erwähnt, du bist noch nicht vermählt. Wenn du gehen willst, kannst du das tun, aber dann sofort."

In diesem Moment fliegt die Eingangstüre auf und John, Ryan und ein paar Männer, die ich nicht kenne, stürmen ins Haus.

John

So, jetzt ist erst mal alles geregelt. Wir haben dem anderen Rudel den Arsch versohlt und ihnen dann bewiesen, dass es hier nix mehr zu holen gibt. Katie ist mein. Sie wurde markiert und auch schon von mir genommen. Somit hat kein anderer Alpha mehr das Recht, Hand an sie zu legen oder auch nur in ihre Nähe zu kommen. Jetzt muss nur noch, wie bei normalen Menschen auch, eine Verbindung oder Vermählung vollzogen werden und danach entsprechend Kinder gezeugt werden. Dann wäre alles so, wie es sein soll. Ich bin sehr dankbar für die Unterstützung meiner Jungs. Ohne sie wäre das heute nicht so glimpflich vonstattengegangen. Trotzdem bin ich erschöpft und mir tut jeder Knochen im Leib weh.

Aber wenn ich so in Mirandas und Katies Gesichter sehe, steht mir der eigentliche Kampf noch bevor. Ich blicke in Katies entsetztes, tränenverschmiertes Gesicht, in ihre großen Augen, in denen die Wut kocht. Sie kommt auf mich zu und ich rechne mit allem. „John, Gott sei Dank!" Sie umschlingt mich mit ihren Armen und küsst mich. Okay, damit hab ich nicht gerechnet. Eher mit einer Ohrfeige. Ich halte sie fest im Arm und erwidere ihren Kuss. Und bin glücklich. Ich glaube das erste Mal in meinem Leben bin ich da, wo ich hingehöre. Wir lösen uns voneinander und sehen uns tief in die Augen.

„Wir müssen dringend miteinander reden, Katie. Komm mit. Wir gehen nach oben." „Danke an euch alle für eure Hilfe und Unterstützung", sage ich zu meinen Jungs und Miranda. „Ich denke, für heute ist erst mal alles erledigt. Geht nach Hause und ruht euch aus. Morgen besprechen wir, wie es weitergeht." Sie nicken alle und verlassen umgehend schweigend das Haus. Nur Miranda wirft mir noch einen Blick zu und schickt mir ihre Gedanken. *„Sei vorsichtig. Sie ist sehr verletzt. Aber ich bin überzeugt, sie liebt dich. Versau das jetzt nicht."* Ich nicke ihr zu und ziehe Katie die Treppe nach oben ins Badezimmer.

Das hier ist mein Haus, welches meine Eltern bewohnten, als ich noch klein war. Wenn ich hier bin, nutze ich es manchmal. Wenn ich nicht mag, ist Ryan oder Miranda mit ihrer Familie da oder einfach nur die Haushälterin, die sich um alles kümmert. Ich fühle mich aber in meiner Blockhütte wohler. Dort ist es einfach gemütlicher, obwohl ich Luxus durchaus zu schätzen weiß. Auch in Vancouver wohne ich nicht gerade bescheiden. Aber manchmal tut es einfach gut, zu seinen Wurzeln zurückzukehren. Hier im Badezimmer ist einfach alles groß. Die Regendusche, die Badewanne mit Whirlpool, Doppelwaschbecken, große Spiegel. Perfekt für zwei.

Katie ist mir bis jetzt einfach nur schweigend gefolgt. Sie sagt kein Wort. Also schließe ich die Türe hinter uns und drehe den Wasserhahn der Badewanne auf. Ein wohliger Schauer durchflutet mich beim Rauschen des Wassers. Ich gebe noch etwas Badesalz hinzu und langsam bildet sich ein wunderschöner Schaum. „Komm, lass uns in die Wanne steigen und reden. Das können wir beide gebrauchen."

Ohne ein Wort fängt Katie an, sich die schmutzigen Klamotten auszuziehen. Ich tue es ihr gleich und wir steigen beide in die Wanne. Das warme Wasser fühlt sich traumhaft an auf der Haut und der Schaum duftet nach Rosenblättern. Ich schließe kurz die Augen. Ich möchte einfach nur schlafen. Aber natürlich weiß ich, das wird wohl nichts werden. Ich genieße die Ruhe.

Zögernd öffne ich ein Auge. Irgendwie ist es *zu* ruhig hier. Aber anstatt mir eine Szene zu machen – womit ich eigentlich gerechnet habe –, liegt auch Katie ruhig und still mit geschlossenen Augen in der Wanne und genießt die Wärme und das Wasser. So liegen wir eine ganze Weile schweigend da. Ich genieße ihren Anblick. Und obwohl ich total müde und kaputt bin, regt sich bei ihrem Anblick mein kleiner Freund hier und meldet seinen Anspruch an. Genau in diesem Augenblick öffnet auch Katie die Augen und sieht mich an. Und natürlich bleibt ihr mein Zustand nicht verborgen.

Anstatt sauer zu reagieren, lächelt sie mich an. „Oh, da freut sich aber jemand, mich zu sehen. Wenigstens bei deinem Körper weiß ich, dass es echt ist." „Katie, es ist nicht nur mein Körper, der auf dich reagiert. Ich weiß, du glaubst mir gerade nichts, aber ich bin verliebt in dich. Du bedeutest mir sehr, sehr viel. Und es tut mir unendlich leid, wie das alles gelaufen ist." „Mag sein, aber dass du mich markiert hast, finde ich das Allerletzte. Auch wenn deine Absichten gut waren, würde ich meine Zukunft und meine Partnerwahl doch gerne selbst entscheiden." „Ja okay, das mag vielleicht bei den Menschen so laufen, aber nicht bei den Gestaltwandlern. Und hätte ich das nicht getan, wäre der Kampf heute sicherlich sehr blutig geworden. Und wenn sie dich erwischt hätten, wäre irgendein Alpha über dich hergefallen. Wäre das die bessere Wahl für dich gewesen?" Langsam werde ich wütend. Warum versteht sie nicht, worum es hier geht? „Mag sein. Aber woher weiß ich, dass ich dir etwas bedeute und dass es dir nicht nur um die Bestimmung geht und dass ich nicht nur als Brutkasten für deine Nachkommen herhalten soll? Ich weiß gar nicht, ob ich das mit dem Wandeln noch mal machen will oder kann oder soll. Ach, eigentlich weiß ich gerade gar nichts mehr. Eben noch war ich einfach deine Empfangsdame und du kanntest mich gar nicht richtig, dann plötzlich die Beförderung und jetzt lieg ich mit dir in einer Wanne, verwandle mich in wilde Tiere (okay, nur eins bis jetzt) und bin hoffnungslos verliebt in … ja, in wen eigentlich?" Sie beißt sich auf die Zunge und sieht mich wieder mit ihren großen Augen an.

In mir regen sich so viele Empfindungen, dass ich nicht anders kann, als sie auf meinen Schoß zu ziehen und sie leidenschaftlich zu küssen. Scheiß auf Kommunikation!

Katie

Ohne Vorwarnung zieht mich John auf seinen Schoß. Mit beiden Händen umschließt er mein Gesicht und küsst mich dermaßen leidenschaftlich und zärtlich, dass es mir durch und durch geht. Ich spüre seinen Schmerz, seine Angst und sein unendliches Bedauern in jeder seiner Berührungen. Komischerweise ist meine Wut verraucht. Ich finde gerade keine Worte. Egal was dieser Mann macht, ich kann ihm einfach nicht lange böse sein. In seiner Gegenwart schmelze ich nur so dahin und fühle mich einfach nur zu Hause. Ich gebe mich völlig seinen Zärtlichkeiten hin und auch in mir wallen die Gefühle auf. Ich spüre, wie erregt er ist, während seine Hände und Lippen auf Wanderung gehen. Auch ich beginne ihn zu liebkosen und zu streicheln, fahre mit den Händen über seinen Rücken … Er zieht scharf die Luft ein und sein Körper wird ganz steif vor Schmerz. Ich spüre riesige Kratzspuren auf seinem Rücken.

„Oh John, das tut mir leid. Was ist da passiert? Lass es mich einmal ansehen." „Nein, schon gut, das heilt wieder, es dauert nur ein wenig länger, da es von einem anderen Alpha ist." „Jetzt lass mich doch mal schauen, verdammt." Ich steige aus der Wanne und wickle mir ein Badetuch um. Als ich hinter ihn trete, kann ich kaum fassen, wie schlimm sein Rücken aussieht. Riesige Kratzer furchen sich quer über den kompletten Rücken. „Oh Gott, John, das muss verarztet werden." „Nein, muss es nicht, und ich hab jetzt wirklich was Besseres vor." Er steigt aus der Wanne und ehe ich michs versehe, schnappt er mich und trägt mich aus dem Bad in ein riesiges Schlafzimmer mit Himmelbett. Ein einziger Traum. Das Schlafzimmer hat ungefähr die Größe meiner Wohnung in Vancouver. Am Bett angekommen, plumpse ich auf die Matratze und mein Handtuch fliegt zu Boden. Noch nass und mit Schaumresten krabbelt John über mich und die Küsse und Streicheleinheiten gehen weiter. Ich vergesse den Rücken und gebe mich meinen Gefühlen hin, auch wenn ich ganz genau weiß, dass es völlig verkehrt ist, ohne weitere klärende Gespräche Sex zu haben. Aber ich kann einfach nicht anders. Dieser Gestaltwandler bringt mich noch um den Verstand und ich verliere meine Selbstbeherrschung. In dieser Nacht lieben wir uns zigmal. Es fühlt sich an, als wären wir zusammen ein Ganzes. Irgendwann in den Morgenstunden schlafen wir schließlich Arm in Arm erschöpft, aber glücklich ein.

John

Ich wache auf, als die ersten Sonnenstrahlen mein Gesicht kitzeln. Wieder habe ich tief und fest geschlafen. Eine neue Erfahrung. Aber zu Hause fühle ich mich sicher. Ich blinzle und öffne meine Augen. Neben mir liegt Katie. Schlafend und an mich geschmiegt. Ich verspüre einfach nur wahnsinnige Glücksgefühle in meinem Körper. Ich versuche meinen Rücken zu spüren. Ah, gut, alles verheilt über Nacht. So soll es sein. Ein eindeutiger Vorteil als Gestaltwandler. Mein Magen knurrt. Das letzte Mal haben wir gestern früh in der Blockhütte etwas gegessen. Zeit für ein anständiges und ausgiebiges Frühstück. Sanft streiche ich ihr eine Haarsträhne aus dem Gesicht und küsse sie in den Nacken. Gleich darauf kommt ein knurrendes Geräusch und sie öffnet lächelnd die Augen.

„Guten Morgen, Babe. Gut geschlafen?" Sie kichert leise. „Guten Morgen. Ja danke. So tief und fest wie schon lange nicht mehr." Sie streckt sich, um dann ganz erschrocken die Augen aufzureißen. „Wie geht's dir? Was macht dein Rücken? Wie lange haben wir geschlafen? Was passiert jetzt?" „Sch. Ganz ruhig. Mir geht's super. Mein Rücken ist verheilt und es gibt keinen Grund zur Panik. Wir werden jetzt erst mal runtergehen und in Ruhe frühstücken und dann reden wir. Okay?" „Ja okay."

Ich stehe auf und hole mir aus dem Schrank ein schwarzes T-Shirt und eine schwarze Jogginghose. Katie gebe ich Sweatshorts und einen Hoodie. Die Kleider sind ihr zwar viel zu groß, sie sieht aber süß darin aus. Sie hüpft ins Bad. Ich folge ihr und bringe ihr eine Zahnbürste und ein paar Pflegeprodukte. Wir machen beide Katzenwäsche und sie bindet sich die Haare zu einem unordentlichen Dutt. Ich könnte mich glatt schon wieder vergessen. „Stopp! Reiß dich jetzt mal zusammen", schelte ich mich selbst. Wir gehen Hand in Hand, als wäre es das Natürlichste auf der Welt, die große Treppe hinunter in Richtung Küche. Es duftet bereits köstlich nach Kaffee, Toast, Eiern und Speck. „Das Haus ist der Wahnsinn, John. Ich würde es gerne komplett sehen." „Ich zeig dir alles nach dem Frühstück. Ich sterbe vor Hunger." In dem Moment knurrt auch schon mein Magen und Katies ebenso. „Ja, das verstehe ich. Ich hab einen Bärenhunger." Wir sehen uns an und prusten beide los. Wortwitz pur.

In der Küche erwartet uns bereits meine Haushälterin Maria. „Guten Morgen, Mister Newman." „Guten Morgen, Maria. Darf ich Ihnen meine Freundin Katie Fuller vorstellen?" Maria strahlt Katie an und schüttelt ihr freundlich die Hand. „Freut mich, Miss Fuller. Wenn Sie irgendetwas brauchen oder einen speziellen Wunsch haben, lassen Sie es mich wissen." „Oh, vielen Dank, und sagen Sie bitte Katie zu mir." „Gern. Bitte, das Frühstück ist fertig. Was möchten Sie trinken? Tee oder Kaffee?" „Einen großen Milchkaffee bitte." „Kommt sofort. Und bei Ihnen wie immer groß und schwarz, Mr. Newman?" „Ja, danke Maria." „Komm, Katie." Hand in Hand verlassen wir die Küche und setzen uns auf die Terrasse. Ich liebe es, draußen zu frühstücken. Vor allem habe ich hier einen uneingeschränkten Blick auf die Rockies sowie auf einen kleinen Badesee und Wald. Allein der Anblick wirkt sich immer positiv auf meine Stimmung aus. Mann kommt runter und Tier auch.

„Wow, es ist wunderschön hier, John. Das Haus, die Gegend und die Aussicht. Warum bist du hier weg und lebst und arbeitest in Vancouver?" „Weil mein Dad seine Firma dort gegründet und aufgebaut hat. Erst ein wenig später hat er hier ein zweites Zuhause geschaffen. Als wir Kinder da waren. Meine Mutter und wir waren dann meist hier und mein Dad kam immer Donnerstag bis Sonntagabend nach Hause. Aber von hier aus wollte er nicht arbeiten. Er hat Familie und Geschäft immer strikt getrennt. Wenn er hier war, dann war er nur für uns da. Er hat uns alles beigebracht. Die Gestaltwandlerdinge, wie man erfolgreich ein Geschäft führt und wie man seinen Verpflichtungen nachkommt. Außerdem hat er uns hohe Werte vermittelt und wie wichtig eine gute Partnerin und Familie sind." „Das klingt alles ganz toll, John. Fast wie früher bei mir. Außer dass meine Eltern versäumt haben, mir von der Gestaltwandlersache zu erzählen, und, ehrlich gesagt, aufs Leben vorbereitet habe ich mich auch nicht gefühlt. Eher beschützt und ja, verwöhnt. Darum war der Aufprall in die Realität ohne Job, ohne Geld und ohne Luxus anfangs echt ein Schock und eine Herausforderung für mich." „Die du aber ganz allein gemeistert hast." „Das stimmt nicht, und das weißt du auch. Hättest du mir keinen Job gegeben, dann ..." „Dann hättest du eine andere Lösung gefunden. Da bin ich sicher." „Ja, ich hätte reich heiraten können, da gab es ein paar gute Angebote", lacht sie.

Ihre Worte versetzen meinem Herzen einen heftigen Stich. Die Vorstellung, jemand anderer würde sie heiraten oder anfassen, bringt mich augenblicklich aus der Fassung. Sie bemerkt meinen Blick. „Hab ich was Falsches gesagt? Du weißt hoffentlich, dass das ein Scherz war. Ich würde nie wegen des Geldes heiraten." Sie streichelt mir über den Arm und ich verschränke meine Finger in ihren. „Ja, das weiß ich. Nur allein die Vorstellung, dass du bei wem anders wärst außer bei mir, gefällt mir nicht." „Sind das jetzt tierische Besitzansprüche, oder was?" Ich merke, wie sie versucht, sich aus meinem Handgriff zu befreien, und greife ein wenig zu fest zu. „Aua. Was soll das? Ich gehöre nur mir und niemand anderem." Sie reißt sich los und funkelt mich wütend an. In diesem Moment erscheint Maria in der Türe mit einem Tablett voller Köstlichkeiten und unserem Kaffee. „Bitte beruhig dich und lass uns frühstücken und in Ruhe reden." Maria sieht unsicher zwischen uns beiden hin und her, entscheidet sich aber dann doch, das Frühstück zu servieren. „Nun lassen Sie es sich schmecken. Sie brauchen beide wieder Energie und Kraft für den heutigen Tag." „Danke Maria", sagen wir beide gleichzeitig und müssen dann doch grinsen. Katie greift als Erstes nach dem dampfenden Milchkaffee und schließt beim Duft des Kaffees genießerisch die Augen. „Nichts geht über einen guten Kaffee." Sie nimmt einen großen Schluck und überrumpelt mich dann mit ihrer Frage: „Was willst du von mir, John?"

Katie

Ich weiß eigentlich gar nicht, was ich mir von dieser Frage erhoffe. Einerseits finde ich dieses Besitzanspruchsgehabe ungeheuer sexy, und die Vorstellung, den Rest meines Lebens mit John zu verbringen, macht mich glücklich. Aber ich könnte es nicht ertragen, wenn er das alles nur aus Verpflichtung und Bestimmung der Gestaltwandler tun würde. Ich weiß, ich bin wahrscheinlich ein wenig naiv und zu romantisch. Aber ich wüsste gern, dass mein zukünftiger Mann und Vater meiner Kinder mich liebt. Und vor allem wüsste ich gern, wie ein Leben an der Seite eines Gestaltwandlers und als Gestaltwandlerin aussieht, vor allem wenn mein Gatte der Alpha ist. Ich sehe, wie die Frage ihn aus dem Konzept bringt, und freue mich innerlich ein wenig darüber. Ich weiß, irgendwie gemein. Aber ich hätte nicht gedacht, dass ich John Newman, den Frauenheld aus Vancouver, mal aus der Fassung bringen würde. Die Antwort überrascht mich allerdings noch mehr. „Ich will den Rest meines Lebens mit dir verbringen, Katie." Ich verschlucke mich an meinem Kaffee. „Ich liebe dich und möchte dich heiraten, und zwar nicht wegen der Bestimmung, sondern weil ich es will. Und das würde ich auch wollen, wenn du ein normaler Mensch wärst." Das hatte ich jetzt nicht erwartet! Mein Herz macht einen Freudensprung.

Ich kann nicht anders, als mich zu ihm hinüberzubeugen und ihn zu küssen. „Ich liebe dich auch, John. Wirklich. Und ich möchte dir so gern glauben, es fällt mir jedoch schwer. Ich werde es aber trotzdem versuchen."

John

Ich bin glücklich, es endlich ausgesprochen zu haben. Und ihr Kuss beweist mir, es war richtig so und sie empfindet genauso. Na, wenigstens ist das jetzt mal grundsätzlich geklärt. Jetzt geht es darum, die anderen Dinge zu regeln. Ihre Wandlungen, ihre Integration ins Rudel und ihr beizubringen, was ihre Aufgabe und ihr Platz ist. Das wird allerdings ein wenig haarig. Unterwürfigkeit ist nicht ihr Ding und das mit dem Besitzanspruch auch nicht. Das muss ich gut verpacken, um nicht wieder den Rest zu versauen. Außerdem besteht immer noch eine geringe Gefahr für sie, von anderen Alphas angegriffen zu werden, solange wir die Vermählung nicht vollzogen haben. Ich möchte jetzt nicht alles kaputtmachen mit zu viel Druck und Information. Aber irgendwie müssen diese Dinge angegangen werden, wenn ich mir nicht dauernd Sorgen machen möchte. Zudem müssen wir uns über die Zukunft unterhalten. Wo werden wir leben, wo werden wir arbeiten und so weiter. Ich bin komplett in Gedanken versunken, als Katie meinen Arm berührt.

„Alle in Ordnung?" „Ja, Babe, alles gut. Komm, ich zeig dir jetzt mal das Haus. Und danach gehen wir zurück zur Hütte und holen unsere Sachen. Wir haben noch viel vor heute." „Ja gern. Und was haben wir vor?" „Ich werde dich dem gesamten Rudel vorstellen und dann müssen wir beide trainieren. Du musst jetzt schnell lernen, deine Wandlung in die verschiedenen Tiere zu vollziehen, und ich beziehungsweise wir werden dir beibringen, dich zu verteidigen und deine Sinne zu nutzen und zu optimieren." „Okay, aber können wir nicht in der Hütte bleiben?" „Nein, da sind wir zu sehr auf uns gestellt und es ist momentan zu gefährlich."

Ich nehme sie bei der Hand und wir schlendern gemütlich durchs Haus. Ich zeige ihr das Wohnzimmer, die Bibliothek, in der auch ein Billardtisch steht, den Fitnessraum, das Schwimmbad und die restlichen Schlaf- und Badezimmer. Insgesamt haben wir davon fünf hier im Haus. „Wow, ist echt schön und beeindruckend. Kannst stolz sein." „Danke. Es ist jetzt hoffentlich auch dein Zuhause. Wir haben mehrere Anlaufstellen. Die Hütte, dann mein Penthouse in Vancouver. Wir können überall sein. Wo du willst." „Ich möchte nicht allein hier sein, John. Und ich möchte auch weiterhin für dich und mit dir arbeiten." „Können wir das Gespräch auf später verschieben? Ich möchte jetzt gern los." Sie gibt sich damit zufrieden und bohrt nicht nach. Gott sei Dank.

Wir verlassen das Haus und machen uns auf den Weg Richtung Blockhütte. Schon kurz danach rieche ich Ryan und ein paar andere aus dem Rudel, die uns gleich einholen. „Hi, ihr beiden. Wie geht's euch? Wohin des Weges?" „Morgen, Jungs. Wir holen unsere Sachen aus der Hütte, um ins Haupthaus umzuziehen." „Gut, wir begleiten euch. Sicher ist sicher. Ich trau dem ganzen Frieden momentan noch nicht. Katie, wie geht's dir?" „Danke, Ryan. Bis jetzt noch gut. Bist du später dabei, wenn ich üben muss? John meinte, das wäre heute das Wichtigste. Kannst du Miranda dazubitten?" „Klar, mach ich. Und ja, wir sind alle dabei."

Katie schaut sich um und ist sichtlich überrascht. Circa 15 Männer sind um uns versammelt und eskortieren uns zur Hütte. „Jungs, das hier ist, wie ihr wisst, Katie Fuller und sie ist meine Gefährtin. Also behandelt sie mit Respekt und verteidigt sie mit eurem Leben." Ein leises Gemurmel geht durch die Runde, aber ich weiß, sie werden genau meinen Anweisungen folgen. Es war nur für die meisten sehr überraschend, dass ich mich nun auf eine Frau festgelegt habe und bereit bin, den nächsten Schritt zu gehen. Sie ist die Erste, die ich hier in meine Heimat mitbringe.

Wir erreichen die Hütte und haben unsere wenigen mitgebrachten Sachen schnell zusammengepackt. Etwas wehmütig schaue ich mich um. Ich bin lieber in der Blockhütte. Eigentlich wollte ich so gern mit Katie die Weihnachtsdekoration anbringen. Es ist so schön kitschig-romantisch hier. Aber gut, auch im Haupthaus wird schön dekoriert. Ich rechne eh nicht damit, dass wir vor Weihnachten noch mal nach Vancouver zurückkehren. Erst mal muss hier alles geregelt und geklärt werden.

„John?" „Ja, mein Engel?" „Müssen wir wirklich ins Dorf ziehen? Ich fühle mich hier so wohl wie schon lange nicht mehr." „Ja, das müssen wir. Es gibt noch zu viel zu regeln und zu klären und wir brauchen den Schutz der Familie. Aber ich verspreche dir, an Weihnachten werden wir hier in der Hütte sein." „An Weihnachten? Bleiben wir so lange hier? Geht das überhaupt mit der Arbeit?" „Mach dir keine Sorgen. Wir kümmern uns um alles und können sehr viel auch von hier aus erledigen."

Die anderen kommen und nehmen uns mit behänder Leichtigkeit das Gepäck ab und wir schlendern gemeinsam zurück durch den Wald Richtung Dorf. Ich genieße diesen Waldspaziergang Hand in Hand mit Katie. Die anderen lassen uns unseren Freiraum. Aber natürlich kriegen sie jedes Detail mit.

Katie

Bis Weihnachten. Eine lange Zeit. Mein erstes Weihnachten, das ich nicht allein verbringen werde. Ich kann es immer noch nicht glauben, was hier gerade alles passiert. Dennoch entspanne ich mich auf dem Weg durch den Wald. Jener Wald, der mir im Traum so viel Angst gemacht hat. Jetzt nehme ich ihn ganz bewusst wahr: das satte Grün, die verschiedenen Arten von Bäumen und Sträuchern, den Duft des Waldes. Der Wald ist wunderschön und ich fühle mich angekommen, zu Hause. Aber kann ich mich wirklich in eine solche Gemeinschaft einbringen und darauf einlassen? Kann ich John vertrauen, dass es ihm tatsächlich um mich geht? Ich schwanke zwischen dem Wunschdenken, dass alles gut wird, und der Angst, dass alles noch schlimmer wird als vorher. „Baby, alles okay?" Johns Stimme unterbricht meine wirren Gedanken. „Ich genieße gerade den Wald." Ich hoffe, die Antwort reicht ihm momentan. Ich möchte gerade nicht über meine Gedanken und Gefühle sprechen. Ich muss erst selbst mit allem klarkommen. Er erwidert nichts, sondern schaut mich nur an.

Wir erreichen das Dorf und ich habe das Gefühl, jeder, dem wir über den Weg laufen, scannt mich von oben bis unten ab. Nicht missgünstig, sondern einfach nur neugierig. Außer eine. Myriam. Sie kommt uns entgegen. Wenn Blicke töten könnten, würde ich jetzt auf der Stelle tot umfallen. Ich versteife mich innerlich. Ich habe Angst vor ihr. Noch mehr bohrt die Frage in mir, ob sie und John einmal zusammen waren. Ihre Besitzansprüche waren neulich nicht zu überhören. Johns Reaktion zeigte mir zwar, dass von seiner Seite kein Interesse besteht, aber Myriam sieht das augenscheinlich anders. John drückt meine Hand. Es soll wohl beruhigend wirken, aber ich bin innerlich total angespannt.

„Ach, wie niedlich. Hand in Hand beim Waldspaziergang." Myriam schaut nur John direkt in die Augen, mich würdigt sie keines Blickes. „Myriam, verschwinde! Ich habe jetzt weder Zeit noch Lust, mit dir über irgendwas zu sprechen. Ich sag es nur einmal so freundlich. Verstanden?" John knurrt dabei, um seiner Ansage noch mehr Nachdruck zu verleihen. Mir macht es Angst, aber ich lasse mir diesmal nichts anmerken. Myriam zuckt kurz und geht tatsächlich unverrichteter Dinge weiter. – Ist das etwa der übliche Ton unter Gestaltwandlern? Ich überlege die ganze Zeit, wie das bei uns zu Hause war. Mein Dad hat immer ruhig und respektvoll mit mir und meiner Mom gesprochen. Klar konnte er auch mal laut werden oder schreien. Aber das war dann meist auch berechtigt. Es hatte jedoch nichts mit dieser Art und Weise zu tun wie gerade eben. Bei uns musste sich niemand unterordnen. Das werde ich auch nicht tun. Ich bin zwar schüchtern und naiv, aber ich bin nicht unterwürfig. Ich hoffe, das wird mir nicht zum Verhängnis.

John

Ich merke, wie Katie sich in dem Moment, als ich Myriam in ihre Schranken weise, verkrampft. Aber egal wie zurückhaltend und schüchtern sie auch wirkt, sie wird sich nie unterwerfen. Das muss sie anderen gegenüber als Gefährtin des Alphas auch nicht. Nur mir. Und das könnte zum Problem werden. Ich persönlich brauche und möchte das auch nicht. Außer im Bett. Ich will eine Partnerin auf Augenhöhe. Aber bei offiziellen Rudelsitzungen muss ich nun mal über ihr stehen, ob wir beide das wollen oder nicht. Zu gegebener Zeit werde ich ihr das schon klarmachen. Jetzt müssen wir aber erst mal üben und heiraten und ihr Vertrauen wiederherstellen. Dann kommt der Rest.

Wir erreichen mein Haus und ich führe Katie in den Garten. Hier ist der beste Platz, um unbeobachtet zu üben. Hier kommt niemand rein und niemand kann von außen hereinblicken. Der Garten ist dicht und hoch zugewachsen.

„So, meine Süße. Jetzt wird es ernst. Ich möchte, dass du dich jetzt sehr, sehr gut konzentrierst. Eine Gestalt hat ja bereits geklappt. Die versuchen wir jetzt noch ein paar Mal. Dann probieren wir, was bei dir noch möglich ist. Bereit?" Irgendetwas beschäftigt sie. Aber sie scheint sich mir momentan nicht mitteilen zu wollen. Also lasse ich sie in Ruhe und gehe zum Pflichtprogramm über. „Okay, wenn es denn sein muss. Ich probiere es." „Konzentrier dich auf den Wolf. Gib deinen Zellen das Kommando."

Ich sehe, wie Katie die Augen schließt und sich auf ihre Aufgabe konzentriert. Relativ schnell beginnt ihr Körper mit der

Verwandlung. Sie zittert und hat leider immer noch ein wenig Schmerzen. Sie schafft es aber, sich in kurzer Zeit in den wunderschönen weißen Wolf zu verwandeln. Fast majestätisch steht sie vor mir. Ein Prachtexemplar von einem Weibchen.

„Super gemacht, Katie! Jetzt mach es wieder rückgängig." Doch statt sich zu konzentrieren und sich zurückzuverwandeln, läuft sie einfach los. Ich bin total perplex. Ich folge ihr und verwandle mich während des Laufens. Sie ist erstaunlich schnell. „Katie, was soll das? Bleib stehen!" Ich versuche sie telepathisch zu erreichen. Prompt erhalte ich eine Antwort auf ebendiesem Wege. „Nein! Ich lasse mich nicht von dir herumkommandieren. Wenn du das erwartest, heirate doch Myriam." Aha, daher weht der Wind. Jetzt werden wir also zickig. Normalerweise kann ich so ein Eifersuchtsgehabe nicht ab. Typisch Frau. Aber bei ihr finde ich das glatt süß.

Ich renne ihr hinterher. Sie ist zwar schnell, aber ich bin schneller. Kurz bevor sie mir über die Hecke entwischen kann, hole ich sie ein und springe auf sie. Ich schnappe mir ihre Nackenfalte und drücke sie zu Boden. „Hör sofort auf damit." „Du beruhigst dich jetzt und verwandelst dich. Hast du mich verstanden?" „Nein. Ich will nicht und ich will rennen." Ich beiße fester zu und sie jault auf. Das tut mir zwar furchtbar leid, aber es geht jetzt um ihre Sicherheit und da verstehe ich keinen Spaß. „Aua, spinnst du?" „Verwandle dich! Jetzt!"

Obwohl ich es nicht damit gerechnet hätte, macht sie es. Ich tue es ihr gleich und wir liegen aufeinander am Boden. Sie fängt an, nach mir zu schlagen. Einfach süß. Als ob mir diese kleinen Fäuste etwas anhaben könnten. Ich packe ihre Handgelenke und drücke sie runter. „Katie, was zum Teufel ist los mit dir?" „Was los ist? Du kommandierst mich hier herum wie deine Verflossene und drückst mich zu Boden. Ich lasse mich nicht unterdrücken!" Sie tritt und schreit und beißt. Wie eine Furie. Ich erkenne sie gerade nicht wieder. Ich bin aber auch nicht verwundert. In den letzten drei Tagen ist ihr komplettes Leben als Lüge entlarvt worden. Zudem ist auch noch das, was sie sich aufgebaut hat, wie ein Kartenhaus in sich zusammengefallen und liegt nun in Trümmern vor ihr. Bis jetzt hat sie das alles sehr ruhig und gefasst aufgenommen. Daher sehe ich darüber hinweg und versuche meine aufkommende Wut zu zügeln. Ja, Wut, denn ich bin es nicht gewöhnt, dass man mir widerspricht. Ich lasse sie los und gebe ihr genug Platz und Freiraum. Sie rappelt sich auf und sieht mich richtig wütend an. „Lass mich jetzt bitte einfach in Ruhe, John." Ihre Worte treffen mich mitten ins Herz. „Katie, wir müssen ..." „Bitte lass mich ein bisschen allein. Ich muss meine Gedanken sortieren. Ich brauche Abstand." Ich sehe Tränen in ihren Augen und am liebsten möchte ich sie in den Arm nehmen und ihr sagen, dass alles gut wird. Aber das hätte jetzt keinen Sinn. „Also gut, aber verlasse nicht das Grundstück." Ich drehe mich um und lasse sie zurück.

Katie

Ich sehe den Schmerz in seinen grünen Augen. Ich weiß, ich benehme mich gerade unmöglich und unverständlich. Aber ich habe momentan keine Kontrolle über das Gefühlschaos in mir. Es ist in kurzer Zeit so viel passiert und irgendwie werde ich mir jetzt erst über die Tragweite des Ganzen bewusst. Ich drehe mich um und laufe. Der Garten ist schier endlos. Ja, ich liebe John. Das kann ich mit Sicherheit sagen. Und ja, ich würde nichts lieber tun, als den Rest meines Lebens mit ihm zu verbringen. Aber da ist so viel Fremdes. Ich spüre zwar die Verbundenheit mit der Natur und dem Rudel und ich fühle mich auch wohl als Wolf. Trotzdem sind mir die Gebräuche fremd und dieser Kommandoton, der hier untereinander herrscht, gefällt mir gar nicht, ebenso wie die Unterwürfigkeit gegenüber John. Ich wurde gleichberechtigt erzogen und meine Mom war eine erfolgreiche Businessfrau, die sich nichts hat sagen lassen. Sie war immer mein Vorbild. Das weiß ich jetzt. Ich möchte unabhängig sein und meine Kinder ebenso erziehen. Mir gehen so viele Gedanken durch den Kopf, dass ich nicht bemerke, dass ich das Grundstück längst hinter mir gelassen habe und jetzt völlig allein im Wald stehe. Ich bekomme Angst. Schreckliche Angst. Es fühlt sich genau so an wie in meinen Albträumen. Ich bekomme Panik.

Plötzlich knackt es im Gehölz. Mit lautem Geheule stürzen die Wölfe aus dem Feindesrudel auf mich zu. So weit zu dem geregelten Frieden. Sie geben sich also noch nicht geschlagen. Markiert oder nicht. Ich konzentriere mich und verwandle mich. Wieder Wolf. Egal, ich renne los, was das Zeug hält. Ich dreh mich nicht um. Ich renne einfach nur. Plötzlich steht John als großer schwarzer Wolf vor mir. Hinter ihm eine ganze Armee von Wölfen, Bären und Panthern. In der Luft ertönt der Schrei mehrerer Adler. Ich laufe an John vorbei. Ich höre seine Stimme in meinem Kopf. „Katie, lauf! So schnell du kannst. Lauf ins Dorf und ins Haus. Dort bist du sicher." Diesmal widerspreche ich nicht. Ich laufe an ihm vorbei. Das Rudel bildet eine Gasse für mich. Ich dreh mich um und sehe, dass John und das Rudel zum Angriff übergehen. Es ist laut. Knurren, Zähne fletschen, beißen und jagen. Es hört sich schrecklich an.

John

Ich bin bereits mit ihr verbunden. Ich spüre ihre Gefühle und Emotionen. Als sie Angst und Panik bekam, war mir klar, dass etwas nicht stimmt. Ich nahm sofort ihre Fährte auf und das Rudel war meinem Aufruf gefolgt. Sie war allein im Wald. Himmelherrgott! So langsam macht sie mich wahnsinnig! Hat sie denn nicht verstanden, wie gefährlich es im Moment noch für sie ist? Allein der Gedanke, ihr könnte etwas passieren, zerreißt mich förmlich. Wir erreichen den Waldrand und ich rieche und spüre ihre Angst. Ich höre sie schon, bevor ich sie auf uns zurennen sehe, gefolgt von einem Rudel Wölfe. Ich sage ihr unmissverständlich, was zu tun ist, und sie befolgt es auch und rennt an uns vorbei in Richtung Dorf. Wir gehen zum Angriff über, als Katie an uns vorbei ist. Meine Jungs und ich sind mitten im Kampfgeschehen mit dem anderen Rudel, aber wir sind ihnen zahlen- und kräftemäßig überlegen. Wir gewinnen die Oberhand und die anderen treten den Rückzug an. Wir konnten uns wieder meisterlich zur Wehr setzen.

Ich will mich gerade auf den Rückweg machen, da spüre ich Katies Nähe. Sie ist also nicht wie befohlen zurück ins Dorf gelaufen. Ich sehe mich um, kann aber weit und breit nichts von Katie sehen. Panik ergreift mich und ich versuche, die Witterung aufzunehmen. Ich renne Richtung Dorf, ihr Geruch wird stärker, aber ich sehe sie nirgends. Ich verwandle mich zurück, um nach ihr zu rufen. „Katie, wo bist du!!" Plötzlich höre ich einen Schrei, den Schrei eines Adlers. Ich blicke nach oben und da sitzt sie. Hoch oben im Baum. Ein wunderschönes Adlerweibchen. Sie schaut auf mich herunter. Ich muss grinsen. Sie ist ein Naturtalent. „Schön, dass du immer so auf das hörst, was ich dir sage." „Ich wollte wirklich auf dich hören, aber ich hatte so schreckliche Angst um dich und wollte dich nicht alleine lassen. Da fiel mir der Adler ein und da wäre ich ja dann weit weg und könnte trotzdem nach dir sehen. Und trotz meiner Höhenangst hat es funktioniert." Ich verwandle mich sogleich und geselle mich zu ihr hoch auf den Ast. „Gut gemacht, Babe. Ich bin stolz auf dich." „Gestaltwandler sein ist einfach mega. Aber mir ist irgendwie schlecht hier oben." „Na, dann komm und lass uns runterfliegen." Gesagt, getan.

Wir landen beziehungsweise ich lande. Katie kommt ein wenig unbeholfen auf ihrer Nase auf. Zurück als Menschen, helfe ich ihr hoch und ziehe sie in meine Arme. „Ich wüsste nicht, was ich tue, wenn dir irgendetwas passiert." Ich küsse sie auf die Stirn und sie schmiegt sich zittrig in meine Arme. „Ich auch nicht, John. Bitte lass uns irgendwohin, wo wir sicher sind. Jetzt sofort. Dich kämpfen zu sehen, ist ein Albtraum. Wie geht's den anderen?" „Denen geht's gut und mir auch. Komm, lass und in die Hütte gehen. – Jungs! Sichert das Gebiet rund um die Hütte. Danke."

Kaum habe ich die Tür hinter uns geschlossen, fallen wir beide übereinander her wie zwei Ertrinkende. Das Adrenalin in unseren Adern fördert die Lust aufeinander ins Unermessliche. Wir reißen uns förmlich die Kleidung vom Leib und ohne große Worte oder zärtliches Vorspiel nehmen wir uns beide das, was wir jetzt am dringendsten brauchen. Direkt hier in der Küche auf dem Tisch. Es ist schon fast animalisch, wie ungezügelt ich über sie herfalle. Sie stöhnt laut unter meinen intensiven Berührungen und krallt sich regelrecht in meinen Rücken, als ich sie mir nehme. Schnell und hart geht es für uns beide Richtung Höhepunkt, als wir beide mit einem lauten Stöhnen kommen. Erschöpft, aber glücklich trage ich Katie rüber ins Bett. Sie schläft sofort ein.

Ich hole mir meine Jogginghose aus dem Schrank und nehme mir ein kühles Bier aus dem Kühlschrank. Ich rieche Ryan. Ich nehme noch ein zweites Bier und mache mich damit auf den Weg auf die Veranda. Dort sitzt er auch schon mit einem Grinsen und erwartet mich.

„Na Bruderherz, steht der Tisch noch?" „Halt dich ja zurück, Brother", knurre ich mehr, als dass ich es sage, und halte ihm sein Bier hin. Wir trinken beide erst mal einen großen Schluck und ich setze mich ihm gegenüber auf den Schaukelstuhl. „Dich hat es ja ganz schön erwischt. So kenne ich dich gar nicht." „Ja, da hast du recht. Ich erkenne mich selbst nicht wieder. Ich kann es nicht erklären, was diese Frau mit mir macht. Sie weckt Gefühle in mir, die wahnsinnig intensiv und berauschend sind. Und ich möchte sie beschützen und lieben und nie wieder hergeben. Das ist sehr untypisch für mich. Und das Beste ist, auch der Sex ist einfach unbeschreiblich." „Das war nicht zu überhören. Sorry, Brother." Jetzt müssen wir beide lachen und stoßen noch mal mit unseren Flaschen an.

„Schön, dich so glücklich zu sehen. Ich hoffe sehr, ihr beide bringt es zum Abschluss, damit endlich Ruhe einkehrt. Für dich, für sie und für das Rudel." „Ja, das hoffe ich auch. Ich denke, ich werde morgen noch einige Hürden mit Katie aus der Welt schaffen müssen und dann könnte es vielleicht gut werden." „Na, dann beeil dich mal. Dad und Mom kommen morgen hier an und erwarten dich mit deiner Gefährtin." „Na super. Hättest du es ihnen nicht irgendwie ausreden können?" „Nein, es wurde ihnen sogleich zugetragen, dass du hier mit einem Menschenmädchen aufgetaucht bist und dich wichtigmachst." „Lass mich raten … Myriam." „Jawohl. Das Biest wird noch einiges unternehmen, um dir das Leben schwer zu machen. Aber irgendwie steh ich auf sie." „Das ist nicht dein Ernst, Ryan! Dieses schreckliche Frauenzimmer?!" „Sie ist doch nur eifersüchtig, weil sie Katies Platz einnehmen wollte. Fühl dich doch geschmeichelt. Sie kämpft um dich." „Da gibt es nichts zu kämpfen. Eine amouröse Beziehung mit ihr stand noch nie zur Debatte. Sie ist wie eine Schwester für mich. Schon immer. Sie wollte schon immer mehr, ich aber nicht. Und es ist auch nie etwas gelaufen zwischen uns. Ich habe ihr auch nie Hoffnungen gemacht. Wie kommt sie darauf, meine Frau werden zu wollen?" „Na, ich denke, das verdankst du unseren lieben Eltern. Sie lieben sie und sie war immer ein Teil unserer Familie und überall dabei. Sie ist ein klasse Weibchen. Stark, schön, kämpferisch. Ich denke, sie wäre theoretisch eine gute Wahl gewesen, wäre da nicht Katie mit ihren Supergenen aufgetaucht … wer weiß." „Ich weiß. Aber du hast sicher recht. Ich werde noch mal mit ihr reden. Das muss aufhören." Wir trinken unser Bier aus und verabschieden uns voneinander. Es ist ein langer und anstrengender Tag gewesen. Wir brauchen beide unseren Schlaf. Die nächsten Tage werden uns noch sehr fordern. Vor allem, wenn meine Eltern da sind.

Katie

Das gute Gehör ist Fluch und Segen zugleich. Es warnt einen rechtzeitig vor Gefahren, aber es verhindert auch, tief und fest zu schlafen. Kurz nachdem John das Schlafzimmer verlassen hat, bin ich durch die Stimmen auf der Veranda wach geworden. Zuerst wollte ich rausgehen und mich bemerkbar machen. Aber als dann das Gespräch auf Myriam kam, hab ich einfach nur still und heimlich gelauscht. Nicht gerade eine Glanzleistung, ich weiß. Aber es war wichtig für mich, genau das zu hören, was ich gehört habe. Es war ihm also tatsächlich ernst mit mir. Mein Herz war voller Liebe zu ihm, und dass es ihm ebenso ging, war für mich wie Weihnachten und Ostern zusammen. Ich wusste jetzt, ich will bei ihm bleiben. Hoffentlich akzeptieren mich seine Eltern. Und das Rudel. Ich weiß, mit uns wird alles gut werden, aber inwieweit werden die äußeren Umstände unsere Beziehung beeinflussen? Ich hörte, wie Ryan ging und John wieder ins Haus kam. Ich nahm mir ein T-Shirt von ihm aus dem Schrank und ging rüber ins Wohnzimmer. „Engel, du bist wach?" John kam zu mir und küsste mich auf die Stirn. „Ja. Bin aufgewacht, als Ryan kam." „Oh. Hast du uns gehört?" „Ja, und es war gut so. Glaub mir." Er grinste erleichtert und küsste mich noch mal, aber diesmal auf den Mund. „Ich liebe dich, Engel." „Ich liebe dich auch."

John

Am nächsten Morgen werde ich wieder von herrlichem Kaffeeduft und dem Geruch von Eiern mit Speck geweckt. Ich schlüpfe in meine Jeans und ein schwarzes T-Shirt und gehe rüber in die Küche. Dort steht Katie bereits fertig angezogen in Jeans und

Pulli und hantiert mit den Eiern. Ich gehe zu ihr, umarme sie von hinten und hauche einen Kuss auf ihr Haar. „Guten Morgen, Babe." „Guten Morgen, Schatz. Hunger?" „Einen Bärenhunger." Sie füllt beide Teller mit Ei und Speck und wir essen schweigend unser Frühstück. Oder besser gesagt, wir verschlingen es. Gestaltwandeln macht hungrig.

„Heute wirst du meine Eltern kennenlernen. Sie sind auf dem Weg hierher." Katie hört augenblicklich auf zu essen und lässt die Gabel klirrend auf den Teller fallen. „Was? Deine Eltern? Was, wenn sie mich nicht mögen?" „Engel, jeder mag beziehungsweise liebt dich. Außerdem bist du die Frau an meiner Seite. Natürlich werden sie dich mögen." „Aber es ist doch alles noch so neu und so fremd für mich. Ich kenne mich mit nichts wirklich aus, was und wie die Regeln und Gewohnheiten bei euch sind." „Mach dir keine Sorgen. Es wird alles gut."

Ich esse munter weiter, nur anscheinend habe ich ihr den Appetit verdorben. Sie schiebt ihren Teller zur Seite, nimmt ihren Kaffee und geht ohne ein weiteres Wort hinaus auf die Veranda. Nachdem ich meinen Teller komplett geleert habe, schnappe ich mir eine Kuscheldecke vom Sofa und gehe zu ihr. Es sind jetzt bereits minus 25 Grad am Morgen. Alles ist dick mit Schnee bedeckt und meine geliebten Rockies gleichen einem romantischen Winterwunderland. Ich lege ihr die Decke um die Schultern und sie lächelt mich dankbar an.

„Es ist so schön und friedlich hier. Nur ein wenig zu kalt für mich. Aber nicht mehr so schlimm wie am Anfang." „Ja, es wird noch eine kleine Weile und ein paar Verwandlungen dauern. Dann wird sich deine Körpertemperatur auf Dauer erhöht haben und du wirst nie mehr frieren. Glaub mir." „Trotzdem wäre es schön, noch ein paar Sachen von mir hier zu haben. Und vielleicht ein paar mehr Winterklamotten." „Darüber wollte ich mit dir sprechen. Ich würde gerne deine Sachen aus deiner Wohnung in mein Penthouse bringen lassen. Du wohnst ja jetzt dann bei mir. Ich könnte jemanden beauftragen, dies bereits alles zu erledigen und deine Wohnung aufzulösen. Natürlich nur, wenn du magst."

Ich sehe in ihrem Blick eine Mischung aus Entsetzen und Angst. „Du musst nicht, du kannst die Wohnung auch gerne behalten. Ich dachte nur, es wäre schön, wenn wir zusammenziehen." Mist, wieder einmal bin ich zu schnell vorgeprescht. Warum versagen bei mir immer sämtliche Verhandlungstaktiken und jegliche Diplomatie, wenn es um sie geht? „Ja, äh, nein. Du hast schon recht. Es ist nur so, dass ich dein Zuhause gar nicht kenne, und meine kleine Wohnung war meine Höhle, mein Minizuhause und Rückzugsort. Es fühlt sich merkwürdig an, das jetzt aufzugeben und nicht zu wissen, wohin es geht und wie es dann jetzt so sein wird." „Du kannst jederzeit dein eigenes Reich in meinem Penthouse haben. Es ist genug Platz." „Mir geht es nicht um mein Reich. Ich mag es klein und kuschelig." „Aber du hast doch mit deinen Eltern selber in einem riesigen Haus gewohnt. Ich dachte, du freust dich über mehr Platz und mehr Luxus." „Sicher, ja, schon, und ich wollte auch mit meinem neuen Gehalt nach einer etwas größeren Wohnung suchen. Aber ich brauche keinen Palast. Der Mensch von früher bin ich nicht mehr." „Ich weiß, aber an ein bisschen Luxus wirst du dich wieder gewöhnen müssen. Denn ich weiß es schon zu schätzen, gut zu leben." Ich küsse sie auf die Stirn und sie seufzt. „Ja, das verstehe ich. Wir werden eine Lösung finden. Aber derweil lass uns doch bitte einfach hier in der Hütte bleiben. Ich liebe es, hier zu sein."

„Engel, meine Eltern erwarten uns im Haus im Dorf. Die kommen nicht hier in die Hütte. Hier sind wir auch nicht so gut geschützt wie dort." „Ich dachte, es ist vorbei? Ich bin doch markiert." „Es ist erst vorbei, wenn wir den Bund fürs Leben geschlossen haben. Bis dahin ist nichts und niemand wirklich sicher." Während ich diese Worte ausspreche, wird mir bewusst, dass ich es für ganz selbstverständlich halte, dass sie mich nehmen wird. Dabei habe ich ihr noch nicht mal einen ordentlichen Antrag gemacht. Ich weiß ja gar nicht, ob sie überhaupt will oder was genau sie will. Ring ja oder nein? Hochzeit groß oder klein oder überhaupt eine Hochzeit? Bevor ich weiter darüber sinnieren kann, kommt Ryan um die Ecke gerannt. „Hey

John. Ihr habt noch circa eine Stunde, dann sind unsere Eltern da." „Okay, danke dir." Na, das wird lustig werden. „Komm rein, Engel. Wir machen uns fertig und dann auf den Weg." „Lass mir bitte noch einen Moment hier draußen. Ich komme gleich." Wieder lasse ich sie allein. Sehr ungern. Aber ich muss lernen, ihr ihren Freiraum zu geben, wenn wir eine gemeinsame Zukunft haben sollen.

Katie

Ich höre, wie die Türe hinter mir ins Schloss fällt. Ryan steht immer noch da und sieht mich an. „Kann ich was für dich tun, Katie?" „Ja bitte. Ich möchte hier in der Hütte noch ein bisschen für mehr Weihnachtsstimmung sorgen. Wo erhalte ich Dekoration und wo bekomme ich noch ein paar passable Winterklamotten?" Ryan überlegt kurz. „Also, bei uns im Dorf gibt es nur die nötigste Grundversorgung an Lebensmitteln etc. Für solche Einkäufe sollten wir rüber nach Aspen. Da gibt es so was mit Sicherheit. Allerdings fahren wir mit dem Jeep sicher anderthalb Stunden. Der Heli wäre schneller." „Danke dir. Ich werde mit John sprechen. Jetzt ziehe ich mich erst mal an und mache mich zurecht. Bis später."

Zurück im Haus, erblicke ich John. Er sieht einfach umwerfend aus. Schwarze Jeans, schwarzes Hemd, dicke Boots und eine dunkelrote Daumenjacke. Seine grünen Augen stechen hervor, ich verliere mich jedes Mal in ihnen. Ich kann es immer noch nicht glauben, dass dieser wahnsinnig gut aussehende Kerl mich gewählt hat. Ich hatte mich wirklich in ihn verliebt und natürlich kann ich mir nichts Schöneres vorstellen, als mit ihm mein Leben zu teilen. Trotzdem bleibt dieser kleine Beigeschmack bezüglich der Gestaltwandler und der Sache mit den Nachkommen. Ich hatte quasi keine Wahl. Und ich habe nie wirklich einen romantischen Heiratsantrag bekommen. Gut, bis vor einer Woche habe ich nicht mal damit gerechnet, überhaupt je zu heiraten, geschweige denn, eine Familie zu gründen. Aber jetzt kommt es mir doch sehr unromantisch vor, alles einfach so als gegeben hinzunehmen.

Ich bemerke John erst, als er dicht vor mir steht. „Alles in Ordnung, Kleines? Du wirkst irgendwie traurig und abwesend." „Nein, alles in Ordnung", lüge ich. „Ich überlege, was ich zum Treffen mit deinen Eltern anziehe. Viel Auswahl habe ich nicht. Ich würde gern heute Nachmittag nach Aspen, um einiges zu besorgen. Wäre das möglich?" Erstaunt sieht er mich an, nickt aber. „Klar, das kriegen wir hin. Am besten wir nehmen den Heli. Das geht schneller. Ich organisiere alles. Mach dich fertig, wir müssen gleich los." Ohne ein weiteres Wort verschwinde ich im Bad und versuche nun, eine hübsche „Schwiegertochter" aus mir zu machen.

John

Nach Aspen zum Shoppen. Was für ein Spaß. Ich hasse es, wenn jemand mit mir shoppen gehen will. Das heißt für mich einen Haufen Geld ausgeben und dann auch noch Tüten schleppen. Aber gut, es leuchtet mir ein, sie hat wirklich fast nichts dabei. Ich sollte Ryan mitnehmen und vielleicht noch einen weiteren Gestaltwandler, zur Sicherheit und zum Tütenschleppen. Ich bin schließlich der Alpha.

Ich rufe meinen Piloten an und vereinbare mit ihm den Treffpunkt und die Uhrzeit. Vielleicht sollte ich ihr einen Ring kaufen? Steht sie überhaupt auf Schmuck? Hab ich noch nie wirklich drauf geachtet. Nachholbedarf. Dringend.

Katie kommt aus dem Bad und ich bin überwältigt, wie schnell sie sich fertig gemacht hat. Sie sieht wirklich super aus. Weiße

Jeans, Moon Boots, einen dicken Zopfpullover in Creme. Ihre Haare hat sie locker hochgesteckt und ich erkenne ein wenig Makeup in ihrem Gesicht. Ich scanne sie förmlich ab. Also, Ohrringe trägt sie schon mal. Kleine Diamant-Ohrstecker. Eine Herren-Rolex am Arm. Das war es auch schon. „Du siehst toll aus, Engel." „Danke dir. Du aber auch." Ich ziehe sie in meine Arme und küsse sie voller Leidenschaft. „Na, na, jetzt aber. Ich bin gerade erst salonfähig. Zügeln Sie Ihr Temperament, Monseigneur!" Grinsend lasse ich sie los. „Na gut, dann lass uns los ins Dorf."

Der Schnee knirscht unter unseren Füßen und die Sonne lässt den Schnee glitzern wie Millionen kleine Diamanten. Wir schlendern Hand in Hand durch den Wald. Als wir das Dorf erreichen, herrscht bereits wilde Aufregung. Wie immer wenn der Oberalpha, mein Vater, mal hier vorbeischaut. Obwohl er mir bereits alles übertragen hat, zollen ihm alle immer noch höchsten Respekt und haben wahnsinnige Ehrfurcht vor ihm. Das ganze Dorf wurde bis ins kleinste Detail weihnachtlich dekoriert, es sieht aus wie in einem Weihnachtsfilm. Katie ist hin und weg. „Wahnsinn! Wie schön das hier alles aussieht!" Sie strahlt wie ein kleines Kind. Es macht mich glücklich. Am Haus angelangt, betreten wir die Eingangshalle und stolpern sogleich in Myriams Arme. „Ach, wie nett. Das glückliche Paar gibt sich die Ehre." „Halt dich zurück, Myriam", knurre ich. Ryan schnappt sich ihren Arm und zieht sie unsanft von uns weg. Dafür bin ich ihm wirklich dankbar. Katie, die neben mir steht, ist erstarrt und sagt kein Wort. Sie verfolgt nur die Szene und schaut Myriam irritiert hinterher.

Katie

Diese Frau macht mir Angst. Wann auch immer ich ihr über den Weg laufe, kommen giftige Kommentare und Anspielungen. Mit so was kann ich schlecht umgehen. Ich fühle mich klein und wertlos in ihrer Gegenwart. Sie ist so stark und mutig. Und ich verstehe sehr gut, dass sie sich an der Seite des Alphas gesehen hat. An meiner statt. Ich bin nicht gut darin, Menschen Anweisungen zu geben. Ryan hat mich quasi gerettet. Dafür bin ich ihm sehr dankbar.

Eine volltönende Stimme reißt mich aus meinen Gedanken. „Da ist er ja, mein Sohn. Mein Stolz. Komm in meine Arme." Ein großer, weißhaariger Mann mit einer gigantischen Statur und stechenden grünen Augen kommt direkt auf uns zu. John lässt meine Hand los und die beiden umarmen sich sehr innig und herzlich. Allein wegen der Augen weiß ich sofort, dass es sein Vater ist. Der Mann ist eine Erscheinung. Genau wie sein Sohn. „Dad, schön, dich zu sehen." John ist sichtlich gerührt und erfreut. „Dad, darf ich dir Katie vorstellen? Meine Gefährtin." „Herzlich willkommen in unserer Familie, Katie. Ich hab schon viel von dir gehört." „Danke, Sir. Es freut mich, Sie kennenzulernen." Schüchtern strecke ich meine Hand vor. „Ach was, Sir, sag bitte einfach Marcus zu mir." Er zieht mich sofort in seine Arme. Etwas unbeholfen und überrumpelt erwidere ich seine Umarmung. „Marcus, du erdrückst das arme Mädchen noch. Lass mich mal durch hier. Ich bin schließlich auch noch da." Eine sehr elegante und attraktive Frau schiebt Marcus zur Seite. „Hallo, meine Liebe. Ich bin Johns Mom, Stella. Schön, dich kennenzulernen." Auch hier werde ich sofort herzlich umarmt. Ich bin überfordert mit so was. Schon lange habe ich keine solche Herzlichkeit mehr bei Menschen erlebt. „Hallo Stella, freut mich sehr." Mehr bekomme ich nicht heraus.

„Wird das Fußvolk hier auch mal anständig begrüßt?" Myriam. Sie muss mir meinen Moment natürlich zerstören. „Myriam, mein Kind, mein Engel, komm zu uns. Wie schön, dich hier zu haben", flötet Stella. Die beiden umarmen sich und ich fühle mich sofort wieder unwohl. „Myriam, Schatz, wie geht es meiner Kleinen?" Auch Marcus umarmt sie äußerst herzlich und liebevoll. „Danke, ihr zwei. Alles bestens. Ihr habt uns hier gefehlt", säuselt Myriam. Ich bemerke ein leichtes Knurren neben mir. John verdreht die Augen und ist sichtlich genervt von der Situation. „Also, was ist der Plan, Dad? Katie und ich haben heute noch einiges zu erledigen." „Ihr wollt schon wieder los? Ich dachte, wir essen gemeinsam und lernen uns ein wenig kennen." „Marcus, lass die beiden doch bitte. Wir sind doch auch gerade erst angekommen. John, was hältst du von einem gemeinsamen Abendessen?" Stella schaut ihren Sohn erwartungsvoll an. „Ja, Mom. In Ordnung. Bis dahin sind wir zurück." John zieht mich quasi aus dem Haus. Ich bekomme nur noch mit, wie Stella Myriam um Hilfe beim Auspacken bittet und die beiden gemeinsam die Treppe hinaufgehen. Mir schwant nichts Gutes.

John

„Bitte begleite uns nach Aspen, Ryan. Ist Paul auch schon da?" „Ja, seit gestern Abend. Miranda wird aber nicht glücklich sein, wenn sie ihren Schatz gleich wieder hergeben muss." „Miranda wird verstehen, warum ich euch beide mitnehme." „Okay, ich hol ihn. Wir treffen uns in zehn Minuten beim Heli." Ich merke, dass Katie ein wenig nachdenklich ist, will aber jetzt nicht nachhaken. Irgendetwas beunruhigt sie. Ich hoffe, ich kann sie nun ein wenig ablenken. „Engel, los, jetzt geht's auf nach Aspen zum Shoppen." Ich werde versuchen, sie jetzt einfach mal auf andere Gedanken zu bringen. Sie lächelt mich an. Na, immerhin. „Ja, danke, dass du das organisiert hast. Ich möchte ein wenig Deko für die Hütte, ein paar warme Sachen für mich und ein Weihnachtsgeschenk besorgen." „Alles klar. Das dürfte kein Problem sein."

Ryan und Paul sind schon am Heli und es geht sofort los. Statt anderthalb Stunden Autofahrt sind es gerade mal 35 Minuten, bis wir dort sind. Katie ist sehr tapfer. Sie versucht sich ihre Angst nicht anmerken zu lassen. Süß. Aber wir können die Angst spüren und riechen. Ich lasse sie jedoch in dem Glauben, wir würden nichts merken.

Aspen erstrahlt schon im weihnachtlichen Glanz. Es ist auch Hochtouristenzeit hier. Die Skigebiete sind legendär und die Winteratmosphäre übertrifft in meinen Augen sogar New York, weil dort ist es nur kalt und eisig. Hier ist es zauberhaft weiß und winterlich idyllisch. Wir gehen als Erstes in einen schrecklich kitschigen Dekoladen. Alles voller Glitzer und Weihnachtsengel, Kugeln und Rentiere. Es erschlägt mich fast. Katie hat allerdings ein gutes Händchen und wählt erstaunlich schöne Artikel aus. Alles klassisch in Rot, Gold und Grün oder mit Holz. Passend zur Hütte. „Haben wir einen Baum, John?" „Wenn du einen willst, bekommst du einen." „Gut, dann besorg ich dahinten noch schnell passende Kugeln und eine Baumspitze."

Währenddessen stehen Ryan, Paul und ich uns die Beine in den Bauch. Die beiden wirken nicht so ganz entspannt. „Habt ihr schon eure Deko und Geschenke, Jungs?" „Ich habe bereits eine tolle Louis Vuitton Aktentasche für Miranda. Die hat sie sich gewünscht fürs Büro. Und für die Kleinen habe ich zwei Kuschelteddys von Steiff." Paul strahlt, als hätte er in der Lotterie gewonnen. Ryan rollt nur mit den Augen. „Mom und Dad wollen wie immer nichts, und das ist mir nur recht. Und sonst gibt es niemanden, dem ich was schenken wollen würde. Wir zwei haben das ja auch aufgehört. Hast du schon was für Katie?" „Nein. Ich überlege die ganze Zeit, ob ich ihr einen Ring kaufen soll. Wegen Heiratsantrag und so. Wir haben nie wirklich darüber gesprochen."

Genau in dem Moment kommt Katie mit ihrem voll beladenen Korb um die Ecke und stellt sich an der Kasse an. „Was wird das, wenn es fertig ist?", frage ich. „Na, bezahlen." „Lass das mal die Jungs hier erledigen. Die haben meine Karte. Wir ziehen weiter." „Aber du musst doch nicht meine Einkäufe bezahlen. Das ist mir nicht recht." „Du bist jetzt die Frau an meiner Seite. Somit ist was mein ist auch dein und ich kümmere mich um dich und versorge dich. Ich muss nicht, aber ich will. Außerdem habe ich weitaus mehr auf dem Konto als du." Mist, das war jetzt alles andere als charmant. Tränen dringen in ihre Augen. Das war zu forsch gewesen. Mannomann. Jede andere wäre froh gewesen über meine Kreditkarte und hätte es genossen, mein Konto zu schröpfen. Aber mir hätte klar sein müssen, dass Katie nicht so tickt. „Engel, bitte, es tut mir leid. Ich hab das nicht böse gemeint. Lass mich dir einfach eine Freude machen, okay?" „Okay, also gut, aber meine Klamotten bezahle ich selber." Ich knurre nur. „Lass das, John. Knurr mich nicht an." Ich ergreife ihre Hand und wir ziehen weiter.

In einer kleinen Boutique findet sie die gewünschten Winterklamotten und ist erstaunlich schnell fertig. Zwei Jeans, drei Stickpullover, zwei Hoodies, Unterwäsche (leider habe ich die nicht gesehen), dicke Socken und noch eine dickere Daunenjacke. „Erledigt. Ich hoffe, es war schnell genug? Ich kann mir denken, dass du Shoppen nicht so gernhast." „Du warst schnell, das gefällt mir. Was hältst du von einer heißen Schokolade mit einem Stück Kuchen?" „Superidee." Ryan und Paul schnappen sich die Tüten und laufen wie bepackte Bodyguards hinter uns her.

Wir kehren in ein kleines Café ein und bestellen uns viermal heiße Schokolade und vier Stück Zimtschnecken. „So, sind wir dann fertig?", fragt Ryan mit eindeutig zu viel Zimtschnecke im Mund. „Nein, ich muss noch wohin." Katie sieht mich fragend an. „Wohin musst du denn?" „Ich brauche noch ein Geschenk." „Na, dann sind wir schon zu zweit." Wir bezahlen und treten ins Freie.

Es ist schon dunkel geworden und überall erstrahlen Lichterketten und beleuchtete Rentiere. Es ist wirklich zauberhaft. „John, sieh nur. Ist das nicht wundervoll?" Ja, ich muss zugeben, auch ich stehe auf Weihnachten. „Schon lange nicht mehr habe ich die Weihnachtszeit so schön erlebt. Seit dem Tod meiner Eltern hab ich nicht wirklich gefeiert." Ich drücke sie fest an mich und gebe ihr einen dicken Kuss. „Wofür war der?" „Einfach weil du du bist und ich dich liebe." „Ich liebe dich auch." Auf Zehenspitzen versucht sie es mir gleichzutun. Ohne dass ich mich bücke, funktioniert es aber nicht.

Wir ziehen weiter und ich erspähe einen Juwelier. Genau da will ich hin. Schnurstracks bugsiere ich Katie in Richtung Laden. Etwas irritiert lässt sie sich in das Geschäft schieben. Ich stöbere ein wenig herum. Ich hab keine Ahnung, was ich ihr gefallen könnte. Katie stöbert ebenfalls. Ich beobachte sie, um herauszufinden, was ihr gefallen könnte. Sie schlendert gemütlich von Vitrine zu Vitrine. Komischerweise bleibt sie nicht bei den dicken Brillantringen stehen, sondern bei einem schlichten Ring in Silber mit einem Smaragd. „Hast du etwas entdeckt, was dir gefällt, Babe?" „Ja, der hier ist wunderschön. Er erinnert mich an deine Augen." „Das ist ein echt schönes Kompliment, danke." „Was suchst du hier in dem Laden?" „Ach nichts, ich dachte, du magst vielleicht ein Weihnachtsgeschenk von mir." „Nein, danke dir. Ich trage nicht wirklich viel Schmuck. Die Ohrringe waren die Lieblingsohrringe meiner Mom und die Uhr gehörte meinem Dad. Ich bin schon beschenkt genug, dass ich Weihnachten nicht mehr alleine bin. Und wenn ich jetzt noch deine Hütte dekorieren darf, ist alles perfekt. Lass uns gehen. Oder warte, ich möchte noch schnell da drüben in den Shop gehen. Wartest du hier?" „Alles klar, ich warte hier."

Das kommt mir sehr gelegen. Ich weise Paul an, ihr unauffällig zu folgen. Sicher ist sicher. Ryan steht wie ein Packesel am Eingang. Ich nutze die Gunst der Stunde und lasse mir den Smaragdring zeigen. „Sir, ein edler Weißgoldring mit einem Smaragdring in goldener Fassung. Ein wahres Schmuckstück und vor allem ein Einzelstück." Er sieht wirklich toll und außergewöhnlich aus. „Ich nehme ihn. Packen Sie ihn mir bitte in eine Samtschachtel." „Jawohl, Mr. Newman." Verdutzt schaue ich den Verkäufer an. Woher weiß er meinen Namen? Er bemerkt meine Verwirrung. „Sie sehen Ihrem Herrn Vater sehr ähnlich. Er kauft hier oft ein für Ihre werte Frau Mutter." Ich nicke ihm zu. Ja, stimmt. Mein Dad ist hier Stammkunde, das hatte ich glatt vergessen. Meine Mutter liebt Schmuck über alles. Und ja, wir sehen uns sehr ähnlich, auch wenn Dad schon weiße Haare hat.

Ich nehme den Ring in der roten Samtschachtel entgegen und zahle, um mich dann zu Ryan zu gesellen. Schweigend warten wir auf Paul und Katie.

Katie

Die Frage nach dem Weihnachtsgeschenk hat mich überrascht. John tut schon so viel für mich. Als ob ich da noch ein Geschenk erwarten würde. Noch dazu so was Kostspieliges. Aber ich habe eine Kleinigkeit für ihn entdeckt. Auch wenn das hier quasi ein Souvenirshop ist und wirklich nicht teuer. Vorhin im Vorbeigehen ist mir ein Schlüsselanhänger ins Auge gestochen. Auf der einen Seite ein Bild von den Rockies, die er so liebt, und auf der anderen Seite ein einsamer Wolf. Klar, ein Panther wäre cooler, aber man kann nun mal nicht alles haben. Ich kaufe ihn und lasse ihn gleich einpacken. So, alles in der Tasche verstaut. Jetzt wird es Zeit, dass wir aufbrechen. Wir müssen rechtzeitig zum Abendessen zurück sein und ich würde mich gerne noch ein wenig ausruhen, bevor ich eventuell wieder auf Myriam treffe.

Paul schleicht mir hinterher und denkt, ich würde ihn nicht bemerken. Aber auch meine Sinne werden immer schärfer. Mein Körper wird immer wärmer und ab und an melden sich auch die Stimmen von den anderen in meinem Kopf. Ich kann noch nicht wirklich alles verstehen, was telepathisch gesagt wird, aber es wird immer besser und stärker. Ryan und John stehen am Eingang des Juweliers, der Spaß mit meinen Tüten ist ihnen direkt ins Gesicht geschrieben. Ich muss grinsen. Tapfer, die Jungs. „Paul, du kannst dein Versteckspiel hinter mir beenden. Ich weiß, dass du da bist. Ich kann dich riechen." Das hab ich jetzt nicht laut gesagt, oder? „Stink ich, oder was?", kommt es von hinten. „Nein, aber ich werde besser. – Los, ihr zwei, ich bin fertig. Lasst uns nach Hause fliegen." „Hattest du Spaß, Engel?" „Ja, danke dir. Alles bestens."

Zu Hause angekommen, lasse ich mir erst mal ein schönes Schaumbad ein und mache uns eine Tasse Tee. John sitzt am PC und kümmert sich um ein paar geschäftliche Dinge. Ich stelle ihm wortlos seine Tasse hin. Er bemerkt mich gar nicht vor lauter Konzentration. Mit meiner Tasse schlendere ich ins

Bad und lasse mich in die Wanne gleiten. Ich liebe baden, ein gutes Buch, eine Tasse Tee und Kerzenlicht. Gut, das Buch fehlt hier. Aber egal. Ich schließe meine Augen und genieße die wohlige Wärme und den Duft nach Vanille und Zimt. Nach einer Weile öffne ich die Augen. Ich habe das Gefühl, ich werde beobachtet. Ich blicke mich um und entdecke John, der mit seiner Teetasse am Badewannenrand sitzt. Er lächelt. „Na, Engel, entspannst du dich?" „Wie lange sitzt du schon hier? Ich hab dich nicht gehört. Ich müsste dich aber hören." „Wenn ich nicht will, dass man mich hört ...", grinst er. „Aha. Gut zu wissen", grinse ich zurück. Na, ich werde schon noch an meinen Fähigkeiten feilen, so viel ist sicher. „Komm rein, es ist schön hier in der Wanne." „Danke. Aber ich muss noch ein paar Dinge fürs Büro erledigen. Genieße dein Bad und danach können wir gern noch kuscheln." Ein flüchtiger Kuss auf die Stirn und weg ist er. Na gut, denke ich. Dann entspann ich mich mal in Ruhe. Das leise Klappern der Tasten von Johns Laptop dringt zu meinen Ohren durch. Es hat etwas Beruhigendes. Ich döse ein wenig ein.

John

Zu gern wäre ich zu ihr in die Wanne gestiegen. Aber es stehen ein paar wichtige Entscheidungen an, die ich unbedingt heute noch erledigen muss. Kaufoptionen für andere Firmen lassen keinen Spielraum für langes Warten und Überlegen. Während ich meine Arbeit hier erledige, höre ich ruhiges, entspanntes Atmen aus dem Bad. Sie ist eingenickt. Ich erledige meine Geschäfte und checke noch schnell meine E-Mails. Eine an mich adressierte E-Mail zieht sofort meine Aufmerksamkeit auf sich. Betreff: *Wir wissen Bescheid*. Ich öffne diese Mail und lese erstaunt.

Hi John, alter Kumpel,

wie geht's Dir so? Wie mir zu Ohren gekommen ist, ist es Dir gelungen, die kleine besondere Gestaltwandlerin für Dich zu gewinnen. Herzlichen Glückwunsch! Wie mir berichtet wurde, hat sie bereits mehrere Wandlungen vollzogen und wurde auch schon von Dir markiert. Als alter Kumpel wollte ich Dich jedoch daran erinnern, dass das Markieren Deine Rudel nur davon abhält, es weiterhin bei ihr zu versuchen. Fremde Rudel haben bis zu Deiner Vermählung noch sämtliche Möglichkeiten. Von mir und meinem Rudel hast Du nichts zu befürchten, alter Freund. Aber meine Informationsquelle hat dies sicherlich auch an andere Rudel weitergetragen. Sie war sehr interessiert daran, dass jemand die Chance ergreift und die Kleine von Dir wegholt. Da wir schon sehr lange befreundet sind, sehe ich es als meine Pflicht an, Dich zu warnen. Du hast Verräter in den eigenen Reihen und es war eine Frau. Ich hoffe, ich konnte Dir helfen. Pass auf Dich auf.

Dein alter Kumpel Ben

Schockiert lese ich die Mail nochmals. Es wird allerhöchste Zeit. Wer weiß, was sonst noch passiert. In meinem Kopf rattert es. Ich antworte Ben kurz und knapp:

*Danke Ben, das weiß ich zu schätzen.
Du hast was gut bei mir.*

Gruß John

Und ich weiß auch ganz genau, wer der weibliche Verräter ist. Es gibt nur ein Weibchen, dem Katie ein Dorn im Auge ist. Myriam. Na warte, die kann was erleben! Ich muss jetzt taktisch klug vorgehen und Katie erst mal einen Antrag machen, damit wir im Anschluss so schnell wie möglich heiraten können. Dann hat der Spuk ein Ende.

Ich schließe den Laptop und in diesem Moment kommt Katie aus dem Bad. Perfektes Timing. Sie hat die Haare zu einem Dutt verwurstelt und trägt mein rot-schwarz kariertes Flanellhemd. Sie sieht zum Anbeißen aus! „Und, fertig mit der Arbeit?" „Ja, ich bin fertig. Lust auf eine heiße Schokolade vor dem Kamin?" „Oh ja, sehr gern." Ich gehe in die Küche und mache uns zwei große Becher heiße Schokolade. Derweil kuschelt Katie sich mit einer Decke aufs Sofa vor dem lodernden Kaminfeuer. Ich denke, jetzt ist die perfekte Gelegenheit.

Ich bringe die Becher zum Couchtisch und hole die Samtschachtel aus meiner Hosentasche. Traditionell knie ich mich vor Katie hin. Sie sieht mich mit großen Augen an. „Katie, ich bin nicht so gut mit Worten, aber ich wollte dich hier und jetzt fragen, ob du dir vorstellen kannst, den Rest deines Lebens mit mir zu verbringen. Also, ob du mich heiraten möchtest." Ich öffne die Samtschachtel und beim Anblick des Rings kullern Tränen aus ihren Augen. „Ja, ja, ja und noch mal ja!!!" Sie fällt mir um den Hals und mir fällt ein Stein vom Herzen. Ein leidenschaftlicher Kuss folgt und wir fallen uns in die Arme. Ich nehme den Ring aus der Schachtel und stecke ihn Katie an den Finger. Sie strahlt über das ganze Gesicht. „Der Smaragd glänzt wie deine Augen, John. Einen schöneren Ring hättest du mir nicht schenken können. Danke dir. Und ich hätte dich auch ohne Ring geheiratet." „Ich weiß, Engel, aber ich will, dass du einen Ring trägst." Sie strahlt. Es macht mich unglaublich glücklich. Jetzt sind wir ein richtiges Paar. Ganz offiziell.

„Engel, wir müssen los zum Abendessen mit meinen Eltern." „Ja okay. Wer ist dort alles dabei?" „Mom, Dad, Miranda und Paul, Ryan und Myriam, befürchte ich." Ich sehe förmlich, wie ihr der Name Bauchschmerzen bereitet. Und mir, ehrlich gesagt, auch. Bens Nachricht war eindeutig und ich muss und werde Myriam zur Rede stellen. Wenn sie wirklich hinter diesem Verrat steckt, dann gnade ihr Gott! Ich behalte diese Nachricht aber erst mal für mich. Katie hat schon genug am Hals.

Kurz vor 18.00 Uhr verlassen wir die Hütte und machen uns auf den Weg ins Dorf. Es ist ein wunderschöner Abend. Kalt und verschneit. Hand in Hand schlendern wir, ohne zu sprechen, zum Abendessen. Je näher wir dem Haus kommen, desto mehr Anspannung bemerke ich bei Katie. „Engel, mach dir keine Sorgen. Sie werden dich lieben." „Ich mach mir keine Sorgen wegen deiner Eltern, sondern wegen Myriam. Sie hasst mich und wird noch nicht aufgegeben haben." Leider fällt mir dazu keine passende oder beruhigende Antwort ein. Daher belasse ich es bei einem zärtlichen Kuss auf ihr Haar.

Als wir das Haus betreten, sehe ich, meine Mom hat in der kurzen Zeit ganze Arbeit geleistet. Oder leisten lassen. „Last Christmas" tönt es aus den Lautsprechern und in meinem/unserem Haus ist die Weihnachtsdeko regelrecht „explodiert". Glitzer, Lichter und Weihnachtsduft überall. Katies Augen leuchten wie bei einem kleinen Mädchen. „Oh John, wie wundervoll!" „Ja, großartig, wenn auch ein wenig übertrieben." „Mit Weihnachten kann man es gar nicht übertreiben, mein Sohn!", ertönt vorwurfsvoll die Stimme meiner Mutter auf der Treppe. Auch sie erstrahlt in Glitzer und hinter ihr mit einem triumphierenden Lächeln Myriam im sexy Paillettenminikleid. Katie drückt meine Hand, als wolle sie sie mir zerquetschen. Aber Gott sei Dank bin ich nicht empfindlich. „Ryan, bist du so lieb und führst Katie zu Tisch? Ich möchte kurz ein Wort mit Myriam wechseln." „Aber John, ich …" „Das war keine Bitte, Ryan." Wortlos nimmt Ryan Katie am Arm, die mich ziemlich überrascht ansieht, aber kommentarlos mit ihm geht. „Myriam, auf ein Wort." Das klingt ziemlich böse. „Kinder, kein Streit vor dem Abendessen, ja?", flötet meine Mutter. „Keine Angst, Mom, geht ganz schnell."

Ich packe Myriam unsanft am Arm und schubse sie in die Küche. „Mann, ein bisschen sanfter, wenn ich bitten darf. Was ist denn mit dir los?" „Was mit mir los ist? Das fragst du ernsthaft? Ich habe gerade aus sicherer Quelle erfahren, dass du die anderen Rudel über Katies Aufenthaltsort informiert hast. Bist du noch ganz bei Trost?" „Jetzt mach mal halblang. Du tauchst hier plötzlich auf und erzählst was von Gefährtin und Frau und so. Was meinst du, wie ich mich dabei fühle? Ich habe hier seit Jahren die Stellung gehalten und darauf gewartet, dass du zurückkommst. Ich hab hier alle bei Laune gehalten und dir den Rücken freigehalten. *Ich* bin diejenige, die darauf vorbereitet wurde, deine Gefährtin zu werden. *Ich* bin das geborene Alphaweibchen und nicht so eine naive Dumpfbacke." „Jetzt pass mal gut auf und ich sag es nur ein einziges Mal. Hör auf damit, und zwar sofort. Wir sind Freunde, wir sind zusammen aufgewachsen. Wir waren nie ein Paar und wir werden auch nie eines sein. Ich habe mich verliebt und entschieden. Für Katie. Und wenn es dir nicht passt und du weiterhin versuchst, uns oder ihr zu schaden, dann werfe ich dich aus dem Rudel." „Das lassen deine Eltern niemals zu!" „Ich bin hier der Alpha! Niemand sonst. Und richtig. *Meine* Eltern. Nicht deine. Auf welcher Seite werden sie wohl stehen?"

Das hat gesessen. Die toughe und coole Myriam verliert die Fassung. Ich glaube, ich sehe sie das erste Mal weinen. „Du bist so ein gemeines Arschloch, John. Du weißt genau, ich habe nur euch als Familie." Da hat sie recht. Ihre Eltern sind bei einem Unfall ums Leben gekommen und meine Familie hat sich um sie gekümmert. Sie wuchs mit mir und Ryan auf, wir sind wie Geschwister. Umso weniger verstehe ich ihren Hass und ihren Verrat. „Wenn wir dir tatsächlich so viel bedeuten, dann sollten dir mein Glück und meine Partnerin genauso wichtig sein. Wie konntest du mich nur so verraten und hintergehen?" „Es tut mir leid. Wirklich. Ich konnte bis jetzt jede deiner Tussis wegbeißen. Ich will dich beschützen." „Du musst mich nicht beschützen, es ist mein Job, dich zu beschützen. Du bist für mich wie eine Schwester. Ich wäre sehr traurig, dich zu verlieren, aber wenn du mich zwingst, eine Wahl zu treffen, wirst du es sein, die hier geht."

Ein Aufschrei unterbricht unseren Streit. Sofort rennen wir beide in Richtung Esszimmer. „Was ist los?" Hastig blicke ich mich um. „Miranda hat Wehen, zu früh. Wir müssen sofort ins Krankenhaus." Paul ist total außer sich und Miranda hechelt, das Gesicht schmerzverzerrt. „Ich will meine Babys nicht hier im Wald bekommen. Ich will ein anständiges Krankenhaus." Katie hält fest ihre Hand und versucht beruhigend auf Miranda einzureden. Paul ist mit der Situation sichtlich überfordert und Ryan ist irgendwie festgewachsen. „John, ruf deinen Piloten her. Wir müssen sie so schnell wie möglich nach Aspen in die Klinik bringen." Mein Dad weiß immer genau, was zu tun ist. „Mach ich. Bin gleich wieder da."

Gott sei Dank ist auf meine Leute Verlass, auch wenn Weihnachten ist. Auch das habe ich von meinem Vater gelernt. Bezahle deine Leute gut, behandle sie mit Respekt und habe auch ein Ohr und Verständnis, wenn sie einmal Hilfe brauchen. Genau das habe ich eins zu eins in meiner Firma umgesetzt. Meine Mitarbeiter werden außerordentlich gut bezahlt, erhalten Urlaubs- und Weihnachtsgeld, eine gute Krankenversicherung, 35 Tage Urlaub. Es gibt ein kostenfreies Fitnesscenter im Haus und eine kostenlose Kantine, die Wert auf gutes und gesundes Essen legt. Außerdem hat jeder Mitarbeiter die Möglichkeit, gratis Aus- und Weiterbildungen sowie persönliche Coachings zu nutzen. Meine Leute arbeiten gern für mich und mit mir. Und durch meine gut ausgeprägten Sinne bemerke ich diverse Dinge wie zum Beispiel Unstimmigkeiten. Ich nehme mir Zeit und bin für meine Mitarbeiter da. Im Gegenzug kann auch ich mich auf sie verlassen, zu jeder Tages- und Nachtzeit.

Mein Pilot Ralph, zum Beispiel, der jetzt an Weihnachten, ohne zu zögern, seine Familie allein lässt, um mir zu helfen. Er war selbst einmal in einer äußerst schwierigen Situation. Seine Frau erlebte nach der Geburt ihrer Zwillinge eine schwere Zeit. Sie hatte eine schwere Depression, was durchaus nicht unüblich ist nach Schwangerschaft und Geburt. Sie war nicht in der Lage, sich um sich und ihre Kinder zu kümmern. Ich bemerkte, dass es Ralph nicht gut ging und er oft fehlte. Also suchte ich das Gespräch mit ihm. Er vertraute mir alles an und ich unterstützte ihn sofort. Er bekam bezahlten Urlaub, um sich um seine Babys zu kümmern, inklusive einer Nanny, die ihm alles beibrachte. Für seine Frau organisierte ich die beste Klinik und die besten Ärzte, damit sie bald wieder gesund würde. Heute sind wir gute Freunde, die Kinder nennen mich Onkel John. Und es war mir eine Freude zu helfen. Und nein, Ralph und seine Familie sind Menschen. Aber ich vertraue auch ihnen und sie kennen mein Geheimnis.

Ich gehe zurück zu den anderen. Katie hält immer noch Mirandas Hand, Paul hechelt mit ihr, Ryan ist wie unter Schock und Myriam kümmert sich erstaunlich liebevoll um ihn. „Ralph landet in fünf Minuten hier. Wir sollten Miranda warm einpacken und schon mal Richtung Feld bringen." Ohne Worte schnappen sich alle sämtliche warmen Klamotten und Decken und packen die hechelnde und teils knurrende Miranda ein. Paul nimmt sie mit Leichtigkeit hoch und trägt sie Richtung Ausgang. „Ryan, du kommst mit mir mit. Wir begleiten die beiden in die Klinik." „Soll ich auch mitkommen?" Katie sieht mich fragend an. „Nein, Schatz. Bleib du ruhig hier bei meinen Eltern. Ich bin bald zurück." Ich hauche ihr einen Kuss auf die Stirn und bin auch schon weg.

Ralph landet gerade auf dem Feld hinter dem Haus. „Danke Ralph, und sorry für die Störung an Weihnachten." Er lächelt uns an. „Für Miranda tue ich doch alles." Wir besteigen den Heli und versuchen für Miranda eine angenehme Position zu finden. Kurz darauf heben wir auch schon ab Richtung Aspen. „Schatz, gleich hast du es geschafft." Paul ist sehr liebevoll und fürsorglich, aber ich bemerke eine Spur Unsicherheit und Angst in seiner Stimme. Miranda lächelt uns nur an. „Danke Jungs, dass ihr mir beisteht. Aber John, meinst du, es war klug, Katie mit Myriam allein zu lassen?" Shit. Das ist mir vor lauter Aufregung glatt entgangen. Mir. Der immer an alles denkt und alles unter Kontrolle hat. Ich kann aber nun schlecht aus dem Heli springen. Das schaffen nicht einmal wir Gestaltwandler ohne Verletzungen. Ich hoffe sehr, es geht gut aus.

Es geht alles so furchtbar schnell. Gerade als John ein wirklich ernstes und hitziges Gespräch mit Myriam führte, setzten bei Miranda die Wehen ein. Ich verstehe gar nicht, warum das unter vier Augen sein musste. Wir haben es ja trotzdem alle gehört. Sie tat mir fast ein wenig leid. Aber die Dumpfbacke nehme ich ihr übel. Es mag ja sein, dass ich weder das übliche Beuteschema von John noch ein Überflieger bin, aber sicherlich keine Dumpfbacke. Und obwohl ich vielleicht nicht die superschicke, aufgebrezelte Tussi bin, kann ich mich dennoch sehen lassen. Und der Ring an meinem Finger beweist, ich habe etwas, was andere nicht haben. Und das sind nicht nur meine Gene. Da bin ich mir mittlerweile absolut sicher. Trotzdem ertappe ich mich dabei, mir Sorgen zu machen. John war so schnell weg. Jetzt bin ich hier allein mit Marcus, Stella und Myriam.

„Myriam, Liebes, sei so nett und besorge uns doch auf den Schock einen Tee." Myriam nickt, wirft mir einen seltsamen Blick zu und verschwindet in Richtung Küche. „Katie, geht's dir gut?" Stella lächelt mich liebevoll an. „Ja, danke. Alles bestens." Marcus setzt sich zu mir aufs Sofa, Stella gegenüber, die im Sessel Platz genommen hat. „So eine Aufregung an dem heutigen Abend. Aber du wirst sehen, sie sind bald zurück und dann können wir in Ruhe essen und Weihnachten feiern. Wie ich sehe, gibt es noch mehr zu feiern?" Stella deutet auf meinen Ring. In diesem Moment kommt Myriam zurück und ich merke förmlich, wie sie ein wenig blass um die Nase wird. Daher antworte ich entgegen meiner Natur laut und voller Stolz: „Ja, John hat mir heute einen wundervollen Antrag gemacht und mir diesen wunderschönen und außergewöhnlichen Ring geschenkt." Ich strecke meinen Arm in die Höhe, damit auch Myriam ihn sieht. „Wie wundervoll!" Stella steht auf und umarmt mich stürmisch und liebevoll zugleich. Marcus räuspert sich und gibt mir formell die Hand. „Herzlichen Glückwunsch. Ich wünsche euch beiden alles Glück der Welt." Beide wenden sich Myriam zu. Myriams Blick ist ein wenig glasig, ihr Gesicht blass und ich erlebe sie das erste Mal sprachlos, wahrscheinlich weil jetzt alle von ihr erwarten, dass sie etwas sagt. „Myriam, willst du Katie nicht gratulieren? Du bekommst quasi eine Schwester dazu." Stella lächelt Myriam an. „Alles okay", schalte ich mich ein, „du musst nichts sagen, Myriam. Ich weiß ja, wie sehr du dich für John und mich freust."

Ich bin ehrlich gesagt selbst erstaunt, als diese Worte aus meinem Mund kommen. Aber irgendwie tut sie mir fast ein bisschen leid. Sie wuchs hier auf und hat sich ein Leben lang darauf vorbereitet und geglaubt, sie würde einmal die Frau an Johns Seite. Und statt ihr behutsam beizubringen, dass dem nicht so ist, wird sie vor vollendete Tatsachen gestellt und ich ihr vor die Nase. Ja, okay. Sie ist gemein gewesen, aber irgendwie kann ich es auch verstehen. Ich habe zwar immer noch ein wenig Angst vor ihr, aber eben auch ein bisschen Mitleid.

Sie blickt mich erstaunt an. Ziemlich lange sogar. Dann, nach einer gefühlten Ewigkeit, kommt ein leises „Herzlich willkommen in unserer Familie, Katie". Ich kann leider nicht deuten, ob sie das jetzt ernst meint oder nur sagt, um bei Marcus und Stella gut dazustehen. Sie setzt sich zu uns, gießt den Tee ein und wir sitzen nun schweigend vor dem Kaminfeuer, trinken Tee und warten auf Nachricht aus dem Krankenhaus.

Schon nach kurzer Zeit des unangenehmen Schweigens bricht ein Geräusch die Stille. Eine Tür wird ziemlich unsanft aufgestoßen. Wir springen alle vier auf. Marias lauter Aufschrei im Flur bestätigt uns, dass wir einen unerwarteten Gast haben. Die Türe geht auf und im Türrahmen steht ein riesiger Mann mit wütend funkelnden Augen. Mir bleibt fast das Herz stehen. „Wo ist sie?", brüllt er. Zu meiner Verwunderung stellt sich Myriam schützend vor mich. „Ich will sofort die zukünftige Mrs. John Newman sehen." „Herrgott, Henry. Musst du uns immer alle so erschrecken? Kannst du nicht wie ein normaler Mensch klingeln, hereinkommen und normal das Haus betreten? Du erschreckst Katie ja zu Tode", sagt Stella vorwurfsvoll, lächelt aber dabei. Myriam geht wieder einen Schritt zur Seite. „Das ist Henry, Johns Großvater." Mich erstaunt das Flüstern und die Vertrautheit in ihrer Stimme. Henry bricht in schallendes Gelächter aus. „Aber wo bleibt denn da der ganze Spaß, Stella?" Also, wo ist sie nun, die Auserwählte meines Enkels?" „Hier ist sie, unsere Katie."

Marcus legt den Arm um meine Schultern und schiebt mich sanft in Richtung Henry. Ich strecke ihm freundlich meine Hand entgegen und lächle. „Hallo. Ich bin Katie." Henry schnappt sich meine Hand und ich lande schwungvoll an seiner Brust. Es folgt eine Umarmung, die mich fast um Luft ringen lässt. „Herzchen, willkommen im Newman-Clan." „Henry, du erdrückst das Mädchen ja. Lass sie wieder los." Stella ist sichtlich besorgt um mein Wohlergehen. Henry lässt mich los und lächelt mich an. „Ich freue mich sehr, dich kennenzulernen. Und das an Weihnachten. Wann genau hattet ihr vor, mich vorzustellen?" „Ach Paps, natürlich sofort morgen. Wir sind doch selber erst gestern hier eingetroffen. Morgen beim großen Familienessen natürlich. Wir haben Katie ja auch erst jetzt kennengelernt."

Marcus setzt sich wieder und wir alle tun es ihm gleich. Ich schaue mir Henry genauer an. Es ist wirklich verblüffend. John hat sehr viel von seinem Großvater geerbt, aber auch wenn ich mir Marcus ansehe, zieht sich die Ähnlichkeit extrem durch die Generationen. Ich nehme einen Schluck Tee und in diesem Moment wird mir unglaublich übel. Ich presse meine Hand vor den Mund, stehe auf und renne Richtung Badezimmer. Da ich nur das Bad von John oben im ersten Stock kenne, ist es leider ein langer Weg dorthin. Ich schaffe es gerade noch zur Toilette und muss mich fürchterlich übergeben. Mein ganzer Körper zittert und ich hänge erneut über der Schüssel. Plötzlich merke ich, wie mir jemand meine Haare, die sich aus meinem Dutt gelöst haben, zur Seite streicht. Ich blicke auf und genau in Myriams Augen. „Hast du mich mit dem Tee vergiftet?" Sie lächelt. „Welch eine reizende Idee. Aber nein. Ich hänge an meinem Leben und an meiner Familie. Und wenn John meint, du bist es, werde ich das akzeptieren. Er würde mich töten, wenn ich dir was antue. Nein, meine Liebe, das hier verdankst du deinem Zukünftigen." Ich bin etwas verwirrt. Myriam holt mir einen kalten Waschlappen und wischt mir das Gesicht ab. „Wie meinst du das? Was verdanke ich John?" „Ach Herzchen, wer viel guten Sex hat mit einem Gestaltwandler, wird nun mal auch schnell schwanger." Mir wird schwindlig. „Wie soll ich denn nach so kurzer Zeit schwanger werden? Das ist doch Bullshit!" „Nein, meine Liebe. Tiere wissen genau, wann das Weibchen fruchtbar ist. Ganz instinktiv. Tiere müssen nicht zigmal vögeln, bis endlich mal was passiert."

Ich versuche in meinem Kopf zu rechnen. Okay, ja, wir sind jetzt seit fast Vier Wochen da und ... ja stimmt, meine Periode ist ausgeblieben und jetzt erst wird mir klar, ich habe mich völlig meinen Gefühlen hingegeben und ohne Verhütung Sex gehabt. Ich habe nicht mal darüber nachgedacht. Ich nehme ja nichts seit Jahren. Warum auch? Und ... ich kann es einfach nicht glauben. Auch John hat nicht einmal ein Wort darüber verloren. Erwachsene Menschen vögeln ohne Hirn einfach drauflos. Moment mal. War das vielleicht sogar seine Absicht gewesen? Wollte er, dass ich schwanger werde? Nachkommen zu zeugen, war doch der Sinn dieser Verbindung. Falls ich Nein gesagt hätte zu seinem Antrag und jetzt schwanger bin, hätte sein Plan trotzdem funktioniert. In meinem Kopf dreht sich alles. „Myriam, danke für deine Hilfe. Aber ich wäre jetzt gern ein wenig alleine." Sie nickt und verlässt schweigend den Raum.

Ich wasche mir mein Gesicht und putze mir die Zähne. Tausend Fragen rattern in meinem Kopf. Hab ich mich so blenden lassen? Ist John wirklich so berechnend? Ich gehe ins Schlafzimmer und sperre die Türe von innen ab. Ich möchte heute niemanden mehr sehen. Am liebsten würde ich zurück in die Blockhütte. Ja genau, da will ich jetzt hin. Soll ich mich das trauen, so ganz allein? Ist es jetzt noch gefährlich für mich? Ich streichle unbewusst über meinen Bauch. Ein Baby. Ich bekomme ein Baby. Irgendwie machen sich trotz aller Zweifel Freude und Liebe in mir breit. Das Baby kann nichts dafür, wie und warum es entstanden ist. Es verdient Liebe und Geborgenheit, und die wird es von mir bekommen. Ob ich allerdings den Vater dazu will, weiß ich im Moment noch nicht.

Entschlossen ziehe ich mich an und schleiche aus dem Zimmer. Der Flur ist leer und ich versuche so leise wie möglich zur Treppe zu kommen. „Na, na, na, wo wollen wir denn hin?" Mist. Erwischt. „Ich will zur Hütte zurück." Myriam sieht mich nur an. „Ich kann mir vorstellen, was gerade in deinem Kopf vorgeht, aber du wirst sicherlich nicht alleine und ohne Begleitung durch den Wald zur Hütte gehen. Als zukünftiges Alphaweibchen und Mutter von Johns Kindern hast du eine Verantwortung und musst sicher und beschützt sein." „Seit wann interessiert es dich, was mit mir passiert?", fahre ich sie an. „Du hast nicht die geringste Ahnung, Süße. Du persönlich interessierst mich einen Scheiß. Aber meine Familie interessiert mich. Und du bist jetzt wohl oder übel ein Teil davon. Und auch wenn ich dich nicht mag, lieben dich die anderen. Und sie würden mir nie verzeihen, wenn ich nicht genauso auf dich aufpasse wie auf jeden anderen, der Teil dieser Familie ist. Also, wenn du zur Hütte willst, dann nur mit mir und noch einem anderen Gestaltwandler. Ist das klar?" Sie funkelt mich wütend an. Aber ich glaube ihr sogar. „Okay, wenn es nicht anders geht. Ich will nicht für noch mehr Ärger sorgen."

Sie nimmt ihr Telefon und redet kurz mit jemandem. „René ist in fünf Minuten da. Dann können wir los." Wir gehen in Richtung Tür. Ich überlege kurz, ob ich mich von Stella und Marcus verabschieden soll, entscheide mich jedoch dagegen. Ich will nicht unhöflich sein, aber ich kann gerade keinen klaren Gedanken fassen. Ich will nur weg. „Also los, Herzchen. Lass uns gehen. René ist da." Myriam öffnet die Tür und ich sehe René auf der Treppe stehen. Ich schließe meinen Mantel, als mir die eisige Kälte von draußen entgegenkommt. Ich nicke nur und René schreitet voran.

Schweigend gehen wir durch das Dorf und den anschließenden Wald. Ich bemerke, dass meine Sehkraft nochmals sehr stark zugenommen hat. Es ist stockdunkel, aber ich sehe, als wäre es Tag. Da hinten hinter der großen Eiche entdecke ich ein Wildschwein. Als es uns bemerkt, flüchtet es flugs. Es dauert nicht lange und ich erkenne die Blockhütte. Kurz darauf sind wir auch schon da. „Danke euch für die Begleitung. Ab jetzt komme ich allein zurecht." „Nein, nein. Wir bleiben hier draußen und passen auf." „Wie, ihr wollt hier in der Kälte draußen sitzen und auf … was genau warten?!" „Wir warten nicht, wir bewachen dich. Also geh rein und entspann dich oder was immer dir vorschwebt. Aber wir bleiben hier draußen." René nickt nur zustimmend. Ich gebe mich geschlagen. Ich habe jetzt keine Lust zu diskutieren. „Gut, dann eine gute Nacht." „Gute Nacht", erwidern beide im Chor.

Ich gehe in die Hütte und verriegle die Türe von innen. Als Erstes zünde ich den Kamin an und mache mir eine Tasse Tee. In die Decke gekuschelt und mit der Teetasse in den Händen starre ich ins Kaminfeuer. Was soll ich jetzt bloß tun? Wie soll es jetzt weitergehen? Während ich meinen Gedanken nachhänge, entdecke ich meine Weihnachtseinkäufe in der Ecke. Die ganze wundervolle Dekoration. Ich bekomme plötzlich total Lust, die Hütte zu dekorieren. Also schwinge ich mich vom Sofa und schalte an meinem Handy Musik an. „Siri, spiel Weihnachtsmusik!"

„Last Christmas, I give you my heart ..." Wie passend. Ich singe laut mit und merke, wie mich das Ganze zwar eine Spur traurig macht, aber ebenso glücklich. Ich bin so im Dekoflow, dass ich gar nicht bemerke, wie schnell die Zeit verfliegt. Als ich fertig bin und mein Werk betrachte, fällt mein Blick auf die Wanduhr. Es ist bereits kurz nach Mitternacht und ich habe immer noch nichts von John gehört. Ein Blick auf mein Handy zeigt mir aber auch keine Nachricht von ihm. Ich bin ein wenig enttäuscht. Aber ich bin ja auch weggelaufen. Ach, zum Teufel, soll er doch sehen, wo er bleibt. Meine anfängliche Wut kommt wieder zurück und ich entschließe mich, einfach ins Bett zu gehen.

John

Es dauert einige Stunden, bis Miranda und Paul endlich ihre Zwillinge glücklich in den Armen halten. Ralph, Ryan und ich waren die ganze Zeit in unmittelbarer Nähe. Paul hat es sich so sehr gewünscht, dass wir bleiben. Ich hatte kurzzeitig sogar total vergessen, dass Katie ganz allein im Haus ist mit meinen Eltern und Myriam. Diese Erkenntnis erreicht mich nun beim Blick auf die Uhr wie ein Blitz. Über sechs Stunden sind vergangen, seit wir losgeflogen sind. „Paul, Miranda, wir müssen jetzt zurück. Ihr seid hier bestens versorgt." Beide lächeln. „Ja klar, und danke für alles." „Jungs, auf geht's. Ich muss dringend nach Hause." Ralph und Ryan verabschieden sich ebenfalls und wir machen uns auf den Weg aufs Dach, wo der Heli steht. „Oh wow, John. Jetzt waren wir aber lange unterwegs. Meinst du, die Damen haben sich inzwischen zerfleischt?" „Sehr witzig, Ryan. Streu nur Salz in meine Wunden. Ich fühle mich so schon schlecht genug, sie allein gelassen zu haben. Ich will mir ehrlich gesagt gar nicht ausmalen, was da jetzt alles los war."

Im Heli angekommen, rufe ich zu Hause an. Obwohl es bereits nach Mitternacht ist, ist meine Mom schon nach dem zweiten Klingeln am Telefon. „Hi Mom, sorry, ich wollte nur Bescheid geben, dass wir jetzt auf dem Rückflug sind. Miranda, Paul und den Zwillingen geht es gut. Bei euch alles okay?" „John, das freut mich sehr. Aber leider weiß ich nicht, ob alles okay ist. Katie ist, kurz nachdem uns dein Grandpa mit seiner charmanten, Furcht einflößenden Art einen Besuch abgestattet hat, nach oben gestürmt. Seither haben wir sie nicht mehr gesehen und auch Myriam ist wie vom Erdboden verschluckt. Marcus wollte nach dem Rechten sehen, aber das Haus ist leer." Mein Herz fällt ein Stockwerk tiefer. „Okay, Mom, ich melde mich."

Ich lege auf und wähle sofort Katies Nummer. Nur die Mailbox. Ich versuche es bei Myriam. „Ja, John?" „Wo zum Teufel bist du und wo ist Katie?", schreie ich ins Telefon. Ryan reißt die Augen auf, sagt aber nichts. Besser so. „Ruhig, Brauner. Schrei mich gefälligst nicht so an. Ich stehe hier mit René in der Kälte, weil deine Prinzessin in die Hütte wollte." „Warum? Was ist passiert? Was hast du angestellt?" „Ich hab gar nichts angestellt. Das warst du schön selber. Vielleicht hättest du deiner Zukünftigen mal sagen sollen, wie schnell wir Babys machen, wenn wir vögeln." Klick, aufgelegt.

Ungläubig schaue ich mein Handy an. Die legt einfach auf. Und was sollte das mit den Babys? Ryan, der alles mitgehört hat, was ja unvermeidbar ist, lächelt mich an. „Na, dann hat ja alles wunderbar geklappt, Papa." „Das ist nicht lustig, Ryan. Überhaupt nicht lustig. Wie kann man denn so schnell schwanger werden?!" „Muss ich dir jetzt Bienchen und Blümchen erklären, oder was? Ganz einfach. Viel Sex, hohe Chance auf Babys. Wenn du nicht verhütest, geht das bei uns extrem schnell. Das musst du doch als Alpha wissen." Er hat recht. Natürlich weiß ich das. Ich hab auch all die Jahre immer extrem darauf geachtet, dass ja nichts passiert und mir keine ein Kind anhängt. Dann hätte ich nämlich heiraten müssen laut unseren Regeln. Aber bei Katie hab ich nicht eine Sekunde daran gedacht. Wir haben nicht einmal über Verhütung gesprochen. Mir wird ganz anders. Wenn sie jetzt wirklich schon schwanger ist … Ich fange an zu grinsen. „Ryan, ich werde Vater!" „Na, Glückwunsch! Hoffentlich mit Mutter." Mein Lächeln gefriert augenblicklich. „Was meinst du damit?" „Na, warum wollte sie so plötzlich weg? Das hat sicher einen Grund."

Er hat recht. Warum verlässt sie das Haus und will in der Hütte allein sein? Schlagartig fällt es mir wie Schuppen von den Augen. Sie glaubt, ich hab es gewusst und bewusst geplant. Scheiße! Scheiße, Scheiße und noch mal Scheiße! Kann denn hier überhaupt nichts einfach mal ganz normal laufen? „Ralph, flieg mich so schnell du kannst zur Blockhütte."

Wir landen am Waldrand. Die Blockhütte ist von Dunkelheit umgeben. Nur ein schwaches Licht dringt auf dem Inneren durch die Fenster nach draußen. Ich erkenne, wie René und Myriam als Wolf und Panther um die Hütte schleichen. „Danke Ralph. Komm gut nach Hause und noch schöne Weihnachten dir und deiner Familie." „Danke John. Dir auch und viel Glück." Ryan steigt mit aus. „Ich bleibe noch eine Weile hier, falls du mich brauchst." „Okay, danke dir."

Ich nicke Myriam und René zu und renne quasi in die Blockhütte – und knalle prompt gegen die Türe. Sie ist abgesperrt. Na toll! Das ist kein gutes Zeichen. Ich hole mir den Schlüssel aus dem Blumenkübel. Da liegt er immer, denn ich muss ja nicht absperren. Mir tut nun wirklich niemand was. Leise sperre ich auf und erblicke eine romantisch dekorierte Weihnachtshütte.

Lichterketten tauchen das Zimmer in ein angenehmes Licht, der Baum ist geschmückt und überall in der Hütte sind hübsche Sachen arrangiert, die weihnachtlich glitzern und duften. So gemütlich und einladend! Nestbautrieb, schießt es mir durch den Kopf und somit wieder die Realität, der ich mich jetzt wohl oder übel stellen muss.

Ich ziehe Stiefel und Jacke aus und schleiche ins Schlafzimmer. Wieder stehe ich vor einer verschlossenen Tür. Okay, sie ist wirklich sauer. Auch für diese Türe habe ich einen Schlüssel deponiert. Leise öffne ich die Tür, als mir bereits ein Buch entgegengesegelt kommt. „Du brauchst überhaupt nicht zu schleichen. Ich kann dich gut hören." Ich weiche dem Buch blitzschnell aus. „Katie, komm, lass uns in Ruhe reden." „Reden? Du willst reden? Echt jetzt? Über was denn genau? Dass du deine Pläne zielstrebig und ohne Rücksicht auf andere durchziehst? Wann genau wolltest du mir sagen, wie schnell Gestaltwandler schwanger werden?" „Katie, bitte, ich hab wirklich nicht eine Sekunde drüber nachgedacht und auch nichts geplant oder irgendwelche Ziele verfolgt. Ich hab mit dir geschlafen, weil ich dich liebe." Wumm, das nächste Buch fliegt in meine Richtung und prallt am Türstock ab. „Verschwinde, John. Ich will dich hier heute nicht haben." Tränen rinnen über ihr Gesicht und der Anblick verpasst meinem Herzen einen Stich. „Okay, ich verschwinde, aber morgen reden wir, ja?" Wumm, das letzte Buch fliegt auch noch gegen den Türstock. Also schließe ich die Tür wieder und verlasse die Hütte.

Draußen wartet Ryan. „Komm Kumpel, lass sie erst mal in Ruhe. Morgen sieht die Welt schon anders aus. Lass uns nach Hause gehen." „Ich kann sie hier nicht einfach alleine lassen." „Das will sie aber und René und Myriam passen auf. Entspann dich und lass uns schlafen gehen." Ich ergebe mich Ryan und wir gehen ins Dorf in mein anderes Zuhause. Mom und Dad schlafen bereits. Also verabschieden auch wir uns voneinander und jeder geht in sein Schlafzimmer. Ich denke noch eine Weile nach, bis mich der Schlaf übermannt. Ich schlafe unruhig und oberflächlich.

Nach gefühlt nur 3 Stunden werde ich von lautem Geschrei geweckt. Myriam stolpert die Treppe hinauf. „John, John, wach auf! Sie ist weg! Katie, sie ist einfach weg!" Binnen Sekunden bin ich hellwach. „Wie, weg? Ihr solltet doch aufpassen?!" „Ich weiß nicht, wie sie es angestellt hat, wir haben nichts bemerkt. Sie muss durchs Fenster geklettert sein. Wir haben schon überall nach ihr gesucht, aber keine Spur. Nichts."

Es ist, als zöge man mir den Boden unter den Füßen weg. Katie, wo bist du?

Fortsetzung folgt …

HERZ FÜR AUTOREN A HEART FOR AUTHORS À L'ÉCOUTE DES AUTEURS MIA ΚΑΡΔΙΑ ΓΙΑ ΣΥΓΓ
ARTA FÖR FÖRFATTARE UN CORAZÓN POR LOS AUTORES YAZARLARIMIZA GÖNÜL VERELIM SZ
ORE PER AUTORI ET HJERTE FOR FORFATTERE EEN HART VOOR SCHRIJVERS TEMOS OS AUT
ZÖINKÉRT SERCE DLA AUTORÓW EIN HERZ FÜR AUTOREN A HEART FOR AUTHORS À L'ÉCOU
AÇÃO ВСЕЙ ДУШОЙ К АВТОРАМ ETT HJÄRTA FÖR FÖRFATTARE Á LA ESCUCHA DE LOS AUTO
AUTEURS MIA ΚΑΡΔΙΑ ΓΙΑ ΣΥΓΓΡΑΦΕΙΣ UN CUORE PER AUTORI ET HJERTE FOR FORFATTERE EEN
ARLARIMIZ GÖNÜL VER ΖΟΙΝΚΕΡΤ SERCE DLA AUTORÓW EIN HERZ FÜ
OR SCHRIJVERS OS A ÇÃO ВСЕЙ ДУШОЙ К АВТОРАМ ETT HJÄRTA FÖ

Die Autorin

Tanja Hilmer, geboren 1973 in München, hegt schon lange eine flammende Leidenschaft für Fantasy und Romantik pur, und zwar sowohl was ihre persönliche Lektüre und ihren Filmgeschmack betrifft als auch in Bezug auf ihre schöpferische Tätigkeit als Schriftstellerin. So zählen zu ihren bisherigen Publikationen „Wendepunkte" (Co-Autorin), „Beauty- & Mindset-Journal", „Direktvertrieb" und nun auch der romantische Fantasyroman „Schatten des Waldes". Dabei zehrt die fantasiebegabte und empathische Autorin sicherlich auch von ihren vielseitigen Erfahrungen als Bankkauffrau, Beautyexpertin, Personal- und Lifestylecoach und von Ihrer Tätigkeit seit 2001 als selbstständige Führungskraft beim größten Schweizer Direktvertrieb im Bereich Beauty und Lifestyle. Vor allem bewahrt sie sich immer den Blick für das Schöne, wie sie selbst von sich sagt. Tanja Hilmer ist glücklich verheiratet und hat einen Sohn.

Der Verlag

*Wer aufhört
besser zu werden,
hat aufgehört
gut zu sein!*

Basierend auf diesem Motto ist es dem novum Verlag
ein Anliegen, neue Manuskripte aufzuspüren, zu ver-
öffentlichen und deren Autoren langfristig zu fördern.
Mittlerweile gilt der 1997 gegründete und mehrfach
prämierte Verlag als Spezialist für Neuautoren in
Deutschland, Österreich und der Schweiz.

**Für jedes neue Manuskript wird innerhalb we-
niger Wochen eine kostenfreie, unverbindliche
Lektorats-Prüfung erstellt.**

Weitere Informationen zum Verlag und
seinen Büchern finden Sie im Internet unter:

www.novumverlag.com